偽装結婚のはずなのに、旦那様からとんでもない寵愛を受けてます！

イケメン能楽師の雇われ妻になりました

★

ルネッタブックス

CONTENTS

Lunetta

第一章

ゴールデンウィークが終わった五月の半ば、気温は毎日少しずつ上昇していて、初夏を思わせる天気が続いている。

その日、久住理央《くずみりお》が朝の八時半に出勤すると、何となく会社の雰囲気がいつもと違うように感じた。その階で一番大きい会議室に集まるように言われ、社員たちが廊下を移動しながら「何だろうね」とささやき合っている。

ひとつの階には複数の部署が入っているため、人数的にはかなりのものだ。やがて部長と取締役二名が会議室に入ってきて、横並びに立つ。そして思わぬことを言った。

「えー、朝から皆さんに集まってもらったのは、大切なお知らせがあるからです。本日をもって、この会社は倒産します。大変申し訳ありません」

深く頭を下げる彼らを前に、会議室内がざわつき始め、誰もが顔を見合わせている。理央は呆然《ぼうぜん》として考えた。

(倒産って……この会社が？　えっ、本当に？)

部長と取締役二名が、顔を上げて言葉を続けた。

「大変残念なことですが、資金が続かなくなったため、会社の事業継続は不可能となりました。負債総額は六億四千万、理由は事業の売上減、利益減による資金不足で――……」

部長いわく、会社が倒産するのは決定事項で、社員は全員解雇せざるを得ないらしい。

給与はこのあと給与明細とともに手渡しし、解雇手当一ヵ月分を加算するという。離職票は数日以内に自宅に郵送し、社員はそれをハローワークに持参して失業手続きをしてほしいとのことだった。

「会社はこのあと、倒産処理に入ります。代理人の弁護士が手続きを行うことになり、明日以降は弁護士の立ち会いがなければ会社には入れません」

会社が倒産するときは社員の給与や解雇手当が支給されないケースが多く、今回支給できたことは社長の努力の結果らしい。

質疑応答は紛糾していたものの、理央は何も言う気になれなかった。「私物は本日中に持ち出しをお願いします」と要請され、社員たちがゾロゾロとオフィスに戻る。隣の席の同僚が、ぼやく口調で言った。

「いきなり倒産なんて、これからどうしよう。とりあえず給料と解雇手当はもらえるみたいだけど、すぐに職探ししないとやばいよね」

「……そうだね」

オフィス内は電話が鳴り響き、今日アポがあった顧客に平身低頭で事情を説明している営業社員や、デスクの引き出しを開けて私物をまとめている社員たちで慌ただしい雰囲気だ。

デスクと更衣室のロッカーを整理し、理央が帰宅したのは昼過ぎだった。ドサリと荷物を置き、しばしぼんやりとしたあと、ふと考える。

（そうだ。雅弘《まさひろ》に、報告しておこうかな。うちの会社が潰れたって）

今野《こんの》雅弘は、理央が二年前から交際している相手だ。

電機メーカーに勤務しており、合コンで知り合って意気投合した。ここ最近はマンネリ気味だが、仲はそう悪くなく、何となく「そのうち結婚するのかな」と考えている。

時刻は午後十二時四十分で、まだ昼休みの時間帯だった。スマートフォンを操作して電話をかけると、四コール目で彼が出る。

『もしもし、どうした？』

聞き慣れた声がそう問いかけてきて、理央は応えた。

「昼休みに、いきなり電話してごめんね。実はうちの会社、倒産しちゃって」

今野が「……は？」とつぶやき、理央は部長から聞いた話をざっくり説明する。そしてため息交じりに言った。

「突然解雇になっちゃって、もうどうしようって感じだよ。数日中に離職票が届くらしいけど、いい企業が見つかる保証もないし」

するとかれはしばらく沈黙し、やがて思いがけないことを言った。

『あー、悪い。無理だわ』

「えっ？」

『お前は「この機会にプロポーズしてほしい」とか思ってんのかもしれないけどさ、はっきり言って重いよ。いきなりそんなこと言われても、背負いきれない』

「ちょっ、あの……」

理央は必死に口を挟もうとしたものの、今野はにべもなく告げる。

『無職になって、なし崩しに俺に生活の面倒を見てもらうつもりなんだろうけど、そんなん無理だし。そういうわけだから、俺らもう別れよう。お前ん家《ち》にある俺の私物は、宅配で送ってくれればいいから。じゃあな』

一方的に通話を切られ、理央は唖然《あぜん》としてスマートフォンを見つめる。

たった今、自分が今野に捨てられたという事実に、頭がついていかなかった。

（何なのよ、一体。仕事はすぐに探すつもりだったし、生活の面倒を見てもらおうなんて欠片《かけら》も考

えてない。ただ愚痴を聞いてほしかっただけなのに）

驚きが過ぎ去ると、じわじわと怒りが湧いてくる。

仮にも二年間つきあった相手に対して、彼の言い方はあまりにもひどくはないだろうか。しかも理央のアパートには彼の衣類やマンガ、ゲームなどかなりの私物があり、それらをまとめるのも一苦労だ。お金も貸していて、「このままにはできない」と考えた理央は、猛スピードでメッセージを打つ。

「私物を宅配で送れっていうけど、わたしは送料を持つ気はないから。着払いにするつもり」「それと、今までちょこちょこ貸してたお金をすぐに返して。全部で四万七千円」――そんな内容のメッセージを送信すると、今野からすぐに返信がきた。

「着払いとかダルいから、送料はそっちで持って」「金は分割にしてくれるとうれしい。月一万円で」という内容を見た理央はカッとし、彼に再び電話をかけた。

「ねえ、ふざけてるの？　一方的にこっちに別れを告げておきながら、荷物の送料は持たない、金は分割でとか、一体どの口が言ってるのよ。もう彼氏でもない人間に甘えられるなんて、冗談じゃないから。とにかく宅配の送料はそっち持ちだし、お金は一週間以内に耳を揃《そろ》えて全額返してもらいます。わかった？」

『でも……』

「でもじゃない。もしお金を返さないなら、あなたの先輩の工藤《くどう》さんに全部事情を話すよ。それでもいい？」

工藤とは今野の先輩社員で、理央はバーベキューなどで何度か会ったことがあり、連絡先を交換している。曲がったことが大嫌いな彼は、今野がもっとも恐れている人物だ。しどろもどろに「わかった」と答えるのを聞いた理央は、憤然として電話を切った。

（頭きた。こうなったら、今日中に雅弘の私物を送ってやろう）

ちょうどネット通販の荷物が入っていた段ボール箱が家にあり、それに今野の私物を次々と放り込んでいく。

宅配業者に集荷依頼の電話をかけたあとは、転職サイトで再就職先の検索をした。離職票が届き次第ハローワークに行くが、その前にいろいろ調べておいても損はない。

そうするうちに夜になり、理央は一人で六本木《ろっぽんぎ》に飲みに出掛けた。この先すぐに転職先が見つかる保証がないことを考えると、無駄遣いをしないほうがいいのはわかっている。だが勤め先の倒産と恋人に捨てられるというダブルパンチを食らったストレスから、今日だけは飲まずにいられなかった。

（それなのに……）

一体なぜこんなことになっているのだろう――と、理央はげんなりする。

行きつけのバーのカウンターで飲んでいたところ、二十代半ばとおぼしき男二人が話しかけてきたのは、十分ほど前だ。「一人？」「この店、よく来るの？」と馴《な》れ馴《な》れしい口調で話しかけてくるのを適当にあしらっているが、彼らはまったくめげない。

カウンターに腕をつきながらこちらを覗《のぞ》き込んだ男の一人が、ニコニコして言う。

「お姉さん、すげーきれいだよね。座ってる姿も背すじが伸びてるし、髪もサラサラで超好み」

「奢《おご》るからさ、別の店に行こうよ」

二人はサラリーマン風で、あまり高価ではなさそうなスーツを着ている。

ネクタイが緩み、靴もあまり磨かれておらず、三流の雰囲気の二人にしつこくされた理央は、うんざりしていた。

（今日は本当に厄日《やくび》かも。ストレス解消に飲みに来たはずなのに、こんなしつこい人たちに絡まれちゃうなんて）

いっそ店を出て帰ろうかとも思ったが、この二人が追いかけてくるのは目に見えている。

一体どうするべきか――理央がそう考えた瞬間、ふいに後ろから「待った？」と声が響く。驚いて振り向くと、そこに立っていたのは長身の男性だった。

白いシャツに黒のテーラードジャケット、スラックスというシンプルな服装は、均整が取れた身体《からだ》つきと長い脚を引き立てている。何より目を引くのは彼の顔立ちで、まるで芸能人かと見まごうような端整な容貌をしており、目元にサラリと掛かった黒髪が蠱惑的《こわくてき》な雰囲気を醸し出していた。

しかし男性の顔に見覚えはなく、理央は内心混乱する。

（えっ、誰？　こんなイケメンに、知り合いはいないはずだけど）

そんなこちらをよそに、彼は二人のサラリーマンを見下ろしてニッコリ笑った。

「彼女、俺の連れなんですけど、どうかしました？」

「いや、……」

明らかに同性としてレベルが違う男性を前に、彼らは気圧《けお》されたように言葉を失《な》くす。

一人が「行こう」とせっつき、二人はすごすごとカウンターを離れていった。それを見送った男性が当たり前のように隣に腰を下ろし、カウンターの中にいるスタッフに「バーボン、ロックで」と注文する。理央は遠慮がちに「あの……」と問いかけた。

「さっきの奴《やつ》らが、まだこっちを見てる。仲良さそうにして」

「あ、はい」

どうやら彼は、二人に絡まれていた理央を助けてくれたらしい。

カウンターに置かれたバーボンのグラスを手にした男性が、中身を一口飲む。そしてチラリと笑って言った。

「ずっとしつこくされてるようだったから、声をかけたんだ。余計なお世話だったか？」

「いえ、助かりました。あの人たち、わたしが素っ気なくしてもなかなか離れてくれなくて」

「きれいな女が一人で飲んでるから、押せば何とかなると踏んでたんだろ」

さりげなく容姿を褒められ、理央の頬がじんわりと熱くなる。

今野にあっさり捨てられて傷ついた心が、その言葉でわずかに癒えた気がした。カウンターに置かれたメニューを手に取った理央は、それを彼に見せて言う。

「あの、お礼に奢りますから、何か頼んでください。お酒がいいですか、それとも料理にしますか？」

「別に奢ってくれなくていいけど、少し腹が減ってるんだよな」

平日のカルパッチョとハモンセラーノ、アボカドのサラダを頼み、二人でシェアする。

ワインを頼んでグラスを重ねるうち、次第に酔いが回った理央は、気がつけば自分の身に降りかかった数々の災難を詳細に語っていた。

「出勤したら突然社員たちが集められて、『本日をもって、この会社は倒産します』って言われたんです。信じられます？　今月分のお給料の他に、解雇手当としてさらに一ヵ月分をその場でもらえたのは不幸中の幸いですけど、本当に唐突すぎで」

「確かに突然そんなことを言われたら、びっくりするよな」

「でしょう？　しかもつきあっていた彼氏に会社が潰れたことを報告したら、とんでもない対応をされて」

今野に言われた内容を話すと、男性が苦笑して言う。

「それはまた……強烈だな」

「わたしは彼に頼る気は一切なかったので、唖然としてしまって。しかもそうやって一方的に切っておきながら、私物を宅配で送る料金はこっちで持ってくれとか、ちょこちょこ貸してたお金は毎月一万円の分割払いで頼むとか、言うことがあまりにもセコいんです。もう頭にきて、速攻荷物を段ボールに詰めて、着払いで送ってやりました」

するとそれを聞いた彼が盛大に噴き出し、こちらを見た。

「言われっ放しじゃなく、やり返すだけの気概があって何よりだ。でも一日のうちにそこまで不運が積み重なるなんて、なかなかないよな」

「そうですよ。ムシャクシャして、『もう今日は飲むしかない』って思って六本木に繰り出したら、しつこい客二人に絡まれるし。さんざんです」

グラスに残っていたワインをぐいっと飲み干すと、男性が「何飲む?」と聞いてくる。

同じものをと言うと彼が注文してくれ、理央に向かってしみじみと言った。

「今日いきなり解雇されて、明日からは無職か。大変だな」

「思えばわたし、昔から運が悪いなって。こう見えても、数年前まではそれなりの資産家の娘で、お嬢さま大学に通っていたんです。祖父が戦後に興した食品会社が当たって、まあいわゆる成金なんですけど、子どもの頃から習い事もたくさんしてました。でも大学を卒業する直前に、父の会社が倒産してしまって。土地も建物も手放したので、今はアパート暮らしです」

すると男性がふと興味をそそられた顔になり、問いかけてきた。

「大学って、どこに行ってたんだ？」

「S女子大です」

「確かにお嬢さま大学だ。習い事は何を？」

「お茶と生け花、ピアノ、それに書道や乗馬を」

大学では英文科だったため、英語にも堪能だ。それを聞いた彼が、確認するようにつぶやいた。

「なるほど。今でこそアパート暮らしだが、お嬢さまらしい素養があるってことだな」

「何の役にも立ちませんけどね。そもそも破産した家の元令嬢には、誰も縁談なんて持ってきませんから。現にしょうもない相手とつきあっていたくらいですし」

理央が笑いながら言うと、男性は「いや、充分だ」とつぶやく。その意味がわからず、首を傾《かし》げて問い返した。

「『充分だ』って、一体何がですか？」

「急な話だが、君を雇いたい。月給五十万でどうだ」

「ご、五十万？」

「期限は一年程度。辞める際には、退職金を弾む」

まったく話が読めない理央は、グラスをカウンターに置き、慌てて彼を見る。

「一体何の話ですか？　雇うって……」

「――俺と結婚してほしい。実情を伴わない、〝偽装〟として」

店内の客入りは五割ほどで、人々がざわめく声やカトラリーが触れ合う音が聞こえる。

そんな中、カウンターの真ん中辺りの席に座った理央は、ひどく混乱していた。

（わたしがこの人と結婚？　しかも月給五十万で、〝偽装〟……？）

突然こんなことを言い出す相手のことが、理解できない。

そもそも彼とはほんの三十分前に知り合ったばかりで、名前すら知らない関係だ。そんなことをグルグルと考える理央を見つめ、男性がその発言の意図を説明した。

「実は俺の家には長い歴史があって、室町《むろまち》時代まで遡《さかのぼ》ることができる。傍《はた》から見ると、格式高い家柄だ。俺は今二十八歳で、周囲から早く身を固めるように勧められているが、なかなかそういう気になれないままここまできた」

「…………」

「でも断れない筋の大御所から見合いをゴリ押しされていて、ほとほと弱っていたところなんだ。気持ちがないのに結婚してもその相手を不幸にしてしまうし、それはあまりに忍びないから」

由緒正しい家柄なら、そうした政略結婚的なものはよくある話なのだと思っていたが、彼は気が進まないらしい。

（確かに結婚した相手を好きになれなかったら、それはすごく不幸かも。大御所からのゴリ押しで決まった結婚なら、おいそれと離婚もできないだろうし）

理央がそんなふうに考えていると、男性が「そこでだ」と言葉を続けた。

「見合いをさせられる前に別の女性と結婚してしまえば、問題は一気に解決する。それなりの教養を持っている人間で、一年間妻として振る舞ってくれれば、俺としては何も文句はない。性行為はなしでいいし、月に五十万の報酬を生活費以外に渡す。離婚する際には財産分与も約束し、要は〝ビジネス〟で雇って、ほとぼりが冷めた頃に離婚するということだ。どうだろう」

「ど、どうだろうって」

淡々と説明された理央は、しどろもどろに答える。

「そんなの無理です。偽装結婚なんて荒唐無稽《こうとうむけい》だし、いくら報酬として毎月五十万くれるって言っても」

「普通に再就職先を探すより、よほど実入りがいいと思うけどな。俺は君と話していて楽しいし、性格がざっくばらんで、元令嬢とは思えないほど気骨のあるところも気に入った。だから」

「無理ですってば！」

それからしばらく押し問答を繰り返すうち、すっかり酔いが回ってしまったらしい。

気がつけば見知らぬ部屋で眠っていて、ベッドの中でぼんやりと目を開けた理央は「ここはどこだろう」と考えた。

（確かわたし、バーに飲みに行って……二人組にしつこくされていたのを、知らない男の人に助けてもらって……それで）

何やらとんでもない話をしていたような気がするが、頭に靄《もや》がかかったように思い出せない。

何度か瞬《まばた》きをするうち、自分が大きなベッドに寝ていること、部屋がやけに広くラグジュアリーな雰囲気であることがわかり、理央はじわじわと正気を取り戻していった。

（ちょっと待って。ここは本当にどこ？　わたし――……）

起き上がろうとした理央は、ふいに自分が衣服を身に着けていないことに気づく。

あまりのことに理解が追いつかず、呆然としていると、奥のドアを開けてバスローブ姿の男性が部屋に入ってきた。

「起きたのか。気分はどうだ」

「あの、わたし……」

男性の顔には、見覚えがある。

きれいに通った鼻梁《びりょう》と切れ長の目元、シャープな輪郭が形作る容貌は端整で、濡れ髪をタオルで拭くしぐさに色気があった。バスローブの胸元から素肌が垣間見《かいまみ》え、艶っぽいその姿を目にした理央は、青ざめながら考える。

（わたしは衣服を着ずに寝ていて、この人はお風呂上がりのバスローブ姿。これって、もしかして――）

まさか自分たちは昨夜、間違いを犯してしまったのだろうか。そんな想像をする理央に、彼は思わぬことを告げた。

「覚えてないかもしれないからあえて言うけど、昨夜のうちに婚姻届を出した。俺たちはもう夫婦だ」

「……は？」

「二人で役所に行って、書類を書いただろう？　そっちは相当酔っ払ってたけど、ちゃんと〝妻になる人〟の欄に自分で書いてたぞ」

あまりのことに仰天し、一気に血の気が引いていくのを感じながら、理央は問いかけた。

「こ、婚姻届、本当に出したの？」

「ああ」

「あれって、証人の署名が必要なんじゃ」

「近くに住む友達を呼び出して、書いてもらった。目の前で署名してたのに、覚えてないのか」

――まったく覚えていない。

途中まで「結婚してくれ」「無理だ」という押し問答をしていたのは記憶にあるが、それ以降は頭に靄がかかったように思い出せなかった。

だが目の前の彼がそう言っている以上、自分は〝偽装結婚〟を承諾し、書類に記入したのは間違いないのだろう。理央は「で、でも」と口を開いた。

「〝性行為はなし〟って言ってたのに、これってどういうこと？　何でわたしはあなたとホテルにいて、服を着てないの」

「誤解するなよ、服は自分で脱いだんだ。下着姿でベッドに潜り込んで、速攻寝てた」

確かによく見ると下着は上下とも身に着けたままで、身体にも何かあったような違和感はない。

理央は気まずさをおぼえ、引き寄せた寝具で身体を隠しながら言った。

「わたし、あなたの名前を覚えてないんだけど……」

「花宮湊《はなみやそう》士《し》だ。年齢は二十八歳、一歳年下だって言ったの、記憶にないか？」

「全然」

何と自分は、年下の男性と入籍してしまったらしい。

理央が「あなたの仕事は……」とつぶやくと、湊士がベッドの縁に腰掛け、こちらに腕を伸ばしてくる。そして髪に触れてきて、理央はビクッと肩を揺らした。

「……っ」

そんな様子を目を細めて見つめつつ、彼が毛先を自身の口元に持っていく。

そして艶やかな笑みを浮かべて答えた。

「俺の仕事は、能楽師だ。――よろしくな、〝奥さん〟」

第二章

能・狂言は、六五〇年以上の歴史を持つ歌舞劇だ。

元々は〝猿楽〟と呼ばれ、奈良《なら》時代に渡来した曲劇や奇術を指す〝散楽〟から発展したともいわれている。能面と絢爛豪華《けんらんごうか》な衣装を着け、〝シテ〟と呼ばれる主役と助演の〝ツレ〟、そしてシテの相手役である〝ワキ〟といった役者陣を始め、音楽を奏でる囃子《はやし》や歌を謳《うた》う〝地謡《じうたい》〟といった面々で行われ、その演目は多岐に亘るらしい。

能狂言の家系に生まれた者が能楽師になるには、幼少期からコツコツと研鑽《けんさん》を積み、推薦を受けたのちに能楽協会会員となって、初めてプロの能楽師としてデビューすることができるという。

能狂言の家系以外の人が能楽師になるのは狭き門で、養成機関の研修生となり、基本的なことを学んだのちに審査に合格するという道があるらしい。

そんな中、花宮流は能楽で主役を演じる〝シテ方〟の流派のひとつで、優美で華麗な芸風で知られているという。湊士の父は二十世宗家で、彼はその次男に当たる――。ざっくりとそんな説明を受けた理央は、混乱しながらつぶやいた。

「わたし、今まで能や狂言を見たことがなくて、全然頭に入ってこないんだけど。ええと、あなたはその花宮流の、宗家の息子ということでＯＫ？」

「ああ。一歳年上の兄がいるが、父の後を継ぐのは俺だと思う」

「どうして……」

「演者としての実力で」

さらりと答えられ、理央は口をつぐむ。

ここは都心にあるホテルの一室で、一時間ほど前にベッドで目覚めたばかりだ。とりあえずシャワーを浴び、身支度をして、ルームサービスで頼んだ朝食を食べがてら湊士の家に関する説明を受けている。

（まさかわたしが、昨夜出会った人と入籍しちゃったなんて。……うちの親に、何て言ったらいいの）

かつて大きな食品会社を経営していた父は、倒産して土地家屋を手放してからは母と二人で慎ましい暮らしをしている。

現在はマンションの管理人をしており、給料は決して高くはないものの、真面目に仕事をしているようだ。二十九歳になっても結婚していない理央に、「ごめんな、父さんがしっかりしていれば、いい縁談がきていたかもしれないのにな」と言うのが口癖だったが、いきなり入籍したといえばきっと驚くに違いない。

湊士の家が室町時代から続く名家で、伝統芸能である能楽を継承する宗家の息子だという事実に、理央はすっかり萎縮《いしゅく》していた。

（そんなすごい家柄の人と、偽装結婚しちゃったなんて。これってかなり面倒なことになるんじゃないの？）

そう考えた理央は、恐る恐る「あの」と問いかけた。

「ん？」

「断れない筋の大御所から見合いをゴリ押しされていて、困ってるって言ってたでしょ。わたしみたいな馬の骨と結婚して、その人の機嫌を損ねたりしないの？」

すると彼が、パンを口に運びながら答えた。

「そもそもは俺の周りに女の気配がないのを気にした大御所が、『だったら自分の姪《めい》はどうだ』って言い出したのがきっかけだったんだ。『若輩者ゆえ、今は芸に精進したい』って何とか断ろうとしてたんだけど、本当は他に理由があって」

「理由？」

「狭い業界だから、その大御所の姪のことは子どもの頃から知ってる。俺よりひとつ年上なんだけど、日頃から我儘《わがまま》で意地悪な言動が目立っていて、あまり好きではなかったんだ。でも五歳のときにしつこく話しかけてくるのをつれなくしたら、仕返しに同年代の子どもたちの前でズボンとパンツを下ろされた」

湊士はカッとして相手を叩《たた》いてしまい、向こうが親に泣きついて、騒ぎになったらしい。

親同士は「子どものすることだから」と考えて遺恨はなかったようだが、当時既に子方として舞台に立ち、人一倍プライドが高かった湊士にとっては、許しがたい出来事だったようだ。

それから彼女を徹底的に避け、仲直りをしないまま大人になったものの、先日パーティーでニアミスした際、何事もなかったようにこちらに秋波を送ってくるのを見てうんざりしたという。

「彼女に対する嫌悪感は刷り込まれたままだし、そんな相手と結婚しても上手くいきっこない。でも話を持ってきたのがワキ方、つまり能で密接な関わりがある役割の大御所なだけに、きっぱりと断れず苦慮していたんだ。しかも彼女は縁談に乗り気だと聞いて、どうしたものかと思っていたところで、君と出会った」

押しきられて結婚せざるを得ない状況にさせられる前に、先手を打つ。

それが理央と〝偽装結婚〟する理由だと、彼は説明した。

「先方には、『今まで言い出せなかったが、実は秘密裏につきあっている女性がいて、彼女と入籍した』と説明すれば、納得してもらえると思う。むしろ面倒なのは、うちの両親だ」

「ご両親？」

「あの人たちは伝統ある花宮家の家柄に誇りを持っていて、とにかく世間の目を気にする。俺が事前に君を紹介もせずに籍を入れたのを知ったら、おそらくかなりの小言を食らうだろう」

「そ、それなのに何でいきなり入籍なんてしたの？　もう少し段階を踏めばよかったのに」

理央の問いかけに湊士がチラリと笑い、上目遣いにこちらを見る。

「――逃がしたくなかったから」

「えっ？」

「初めて理央を見たとき、第一印象で『きれいな女だ』って思った。職業柄、人の所作がわりと気になるほうなんだが、君は背すじがピンと伸びていて凛《りん》とした雰囲気がある。あのリーマンたちがしつこくするのもわかるくらい、店の中で目立ってた」

さりげなく名前を呼び捨てにされ、ドキリとする理央をよそに、コーヒーを一口飲んだ彼が言葉を続けた。

「話してみると、ポンポン言葉を返してくるのが楽しくて、見た目の印象とは少し違うけどそれも魅力的に感じた。驚いたのは、理央がかつて資産家の令嬢だったことだ。有名女子大を卒業して、数々の習い事をこなして教養もある。どことなく品のある佇《たたず》まいの理由がわかったし、そんな君ならきっとすぐに新しい彼氏もできるだろう。でもそれが俺以外の人間であるのを想像したとき、『惜しい』と感じたんだ。別の人間に取られるのは嫌だなって」

それを聞いた理央の頬が、じわじわと熱くなっていく。

彼の口ぶりは、まるでこちらを一人の女性として意識しているかのようだ。湊士のように整った容姿の男性にそんなことを言われるとドキドキしてしまい、誤魔化すようにひとつ咳払《せきばら》いをした理央は、彼から目をそらして告げる。

「わたしとあなたは、〝偽装結婚〟でしょ。そんなふうに独占欲みたいな感情を抱くのって、おかしくない？」

「偽装とはいえ、一年一緒に暮らすんだ。気に入った人間のほうがいいだろ」

「それはそうかもしれないけど」

しどろもどろになり、理央は皿の中のスクランブルエッグをフォークでつつく。するとカップをソーサーに置いて、湊士が言った。

「とにかくそうした事情から、理央は偽装結婚するのに適任だと思った。月給五十万という対価を払えば、俺も君もお互いに助かって、一石二鳥だ。ただ最初の段階で、うちの両親を説得するというミッションをクリアしなければならない」

入籍が完全な事後報告になるのだから、何事も体面を重んじる両親が難色を示すのは目に見えている。彼がそう言って、言葉を続けた。

「とりあえず俺は理央にベタ惚《ぼ》れということにして話の主導権を握るから、君は適当に合わせてくれ。とにかく俺たちは出会って短期間で気持ちが燃え上がった、熱烈な恋人同士ということにする」

「う、うん」

「早速両家に報告したいが、どちらからにする？」

「わたしの家は、あとでもいいよ」

ホテルをチェックアウトし、着替えるために一旦理央の自宅アパートに向かう。

武蔵小山《むさしこやま》駅から徒歩十二分くらいのところにある単身者用アパートの間取りは、１Ｋだ。中に上がり、六畳間と三畳のキッチンという広さを目の当たりにした湊士が、驚いた顔でつぶやいた。

「こんな狭いところに住んでるのか。すごいな」

「中はリフォームされるし、お風呂とトイレも別だから、そんなに不満はなかったけど。強いて言えば、駅から十分以上歩かなきゃいけないのが、天気が悪い日とかはつらかったかな」

今でこそ独身女性の住まいとしては悪くない部類だと思うが、父が実家を手放して独り暮らしを始めたときは、確かに理央も衝撃を受けた。

（初めは「こんな狭いところに住むなんて、信じられない」って思ってたけど、七年も一人で暮らしてたら慣れるんだよね。昔は家政婦さんに家のことを全部やってもらってたのに、今じゃ自炊もできるし）

「うちに挨拶に行くには、できれば着物が望ましいんだが。持ってるか？」

「いい着物は何枚か残してあるんだけど、両親のところで管理してるの。ワンピースじゃ駄目？」

滅多に着ないブランド物のワンピースを出して見せると、彼は「まあ、それでもいい」と了承してくれる。

改めてメイクを直し、洗面所で着替えながら、理央はじわじわと緊張が高まっていくのを感じた。ひょんなことから入籍してしまった相手の両親に、これから挨拶に行く。しかも数百年の歴史を持つ名家と聞くと、平静ではいられない。

（でも、昔は親のつきあいで政財界のパーティーとかに出てたし、上流階級の雰囲気は何となくわかってる。猫を被《かぶ》れば何とかなるかな）

親への挨拶ということを念頭に、メイクはポイントを押さえつつ控えめにし、髪は毛先を緩く巻いてハーフアップにする。アクセサリーも主張しすぎない華奢《きゃしゃ》なものにして、洗面所を出た理央は待っていた湊士に問いかけた。

「支度できたけど、こんな感じでどうかな」

するとこちらを見た彼が眉を上げ、意外そうに言う。

「昨日はコンサバなイメージだったけど、そういう恰好《かっこう》をすると清楚《せいそ》に見えるな。すごくいい」

「あ、ありがとう」

「ちなみに、着物は自分で着れるんだよな？」

「うん」

「それを聞いて安心した。じゃあ、行こう」

タクシーを拾って向かったのは、五反田《ごたんだ》だった。隣に座る湊士の手は大きく、しっかりしている。指が長くきれいな形をしていて、それを横目で見た理央は戸惑いを押し殺した。

（さっき、わたしの服装をストレートに褒めてくれて、うれしかった。……そういう言葉を惜しまない人なんだ）

本当は彼と入籍したという事実を、まだ信じきれていない。

一年間の偽装結婚を荒唐無稽だという気持ちも、まったく変わってはいなかった。だが入籍したのが事実なら、すぐに離婚するというのも難しいだろう。何よりそんなことをすれば、戸籍に傷がついてしまう。

（冷静に考えれば、生活費がまったくかからない状態で月五十万の報酬っていうのは、かなり美味《おい》しい。それに「離婚時に財産分与する」って言ってたから、要は一年で退職金がもらえるってことだよね）

ならばビジネスに徹して、〝花宮湊士の妻〟という役を務め上げるべきだろうか。性行為をしなくてもいいと言っていたが、彼がその約束を守るつもりなのは、昨夜で実証済みだ。

泥酔し、下着姿でベッドに入った理央は何をされてもおかしくなかったはずなのに、湊士は手を出してこなかった。それは彼が本当に約束を守るつもりであるという証と考えていいような気がする。

タクシーの中は抑えた音量でラジオが流れていて、湊士は窓の外を眺めていた。しばらく考えた理央は、彼に向かって「ねえ」と呼びかける。

「ん？」

「ここまできたからには、わたし、腹を括《くく》るから。今日から一年間、花宮さんの〝妻〟として立派に努めるつもり。だからあなたは、その旨を書面にしてくれる？」

理央の決意を感じ取ったのか、湊士がニッコリ笑って答える。

「ああ。契約内容はきちんと書面にして、署名捺印しよう。理央には妻として多大な努力を強いてしまうかもしれないが、できるかぎりサポートするから」

「うん」

「それから、俺の呼び方は〝花宮さん〟じゃないほうがいいな。俺たちは急速に惹《ひ》かれ合って入籍した仲なんだから、もう少し親密な感じを出したほうがいいと思う」

「じゃあ……湊士、さん？」

「ああ」

武蔵小山から五反田までは、車で二十分くらいだった。

やがてタクシーは大邸宅ばかりが並ぶエリアに入り、奥へと進む。湊士が車を停《と》めさせたのは、純日本家屋の豪邸の前だった。

（……すごい……）

広大な敷地をグレーの塀がグルリと囲み、門口と車庫の扉は木材で、しっとりと落ち着いた雰囲気を醸し出している。

門をくぐると見事な枝ぶりの松が植えられ、足元に敷いた白い砂利や巨大な自然石が枯山水の様相を呈していて、見事なアプローチとなっていた。ポーチの天井や軒下には木目が美しい木材が使われていて、細部までこだわっているのが見て取れる。

建物の戸口の脇には垂直に伸びる台杉が植えられ、鮮やかな緑が瑞々《みずみず》しい雰囲気を醸し出している。引き戸を開けると、すぐにエプロン姿の家政婦らしい女性が出てきた。

「湊士さま、おかえりなさいませ」

「ただいま。父さんと母さんは在宅してるかな」

「はい。いらっしゃいます」

五十代とおぼしき彼女は、理央に向かって「いらっしゃいませ」と手をついて挨拶し、スリッパを出してくれる。

外から見ただけでもすごい邸宅だと思っていたが、中に入るとその見事さは群を抜いていた。玄関の正面には雪見障子が嵌《は》められており、中庭の植栽が眺められ、さながら絵画のようだ。広々としたホールから磨き上げた廊下を通り、応接間に通される。

湊士が一旦部屋を出ていき、一人残された理央は正座をして緊張を押し殺していた。やがて襖《ふすま》が開き、彼が戻ってくる。一緒に入ってきた両親とおぼしき和服姿の男女に、湊士が理央を紹介した。

「こちらが、俺の妻になった理央さんだ」

「この方が……」

困惑した様子でつぶやく彼の父親は栄基《えいき》といい、花宮流二十世宗家だ。

白鼠《しろねず》の和服にグレーの羽織を合わせた彼は、痩せぎすで端整な顔立ちをしており、伝統ある家系の当主たる威厳が漂っている。彼の妻の由香子《ゆかこ》は若かりし頃の美貌の片鱗《へんりん》を残す凛とした女性で、理央は居住まいを正して二人に挨拶した。

「久住理央と申します。お約束もなく、突然お邪魔して大変申し訳ありません」

湊士が改めて「昨夜、彼女と入籍した。俺たちはもう夫婦だ」と説明すると、両親は揃って難色を示した。

「私たちに紹介もせず勝手に入籍するなど、非常識だ。両家の顔合わせも結納も、何も交わしていないのに」

「そうですよ。湊士、あなたには花宮家の息子だという自覚が足りません。伝統芸能の家系では、結婚は家同士の結びつきを強固にするものとして重要視されています。しかも胤森《たねもり》さんからお見合い話をいただいていたのに、それを無下にしては、面目が立たないでしょう」

するると湊士が背すじを伸ばし、両親に対して入籍に至った経緯を説明した。

――三ヵ月ほど前、仕事帰りの理央が落としたものをたまたま湊士が拾い、そこから交流が生まれたこと。自分たちは瞬く間に恋に落ちたが、自分が能楽師だという事実を言えずに最近まで黙っていたこと。

父や関係者にも、プライベートに口を出されたくないという思いから理央との交際を秘密にしていたが、近頃は業界内の重鎮である胤森家の当主が湊士の縁談を取り持とうと張り切っており、危機感を抱いたこと――。

「父さんと母さんが言うとおり、うちのような家系では結婚が家同士の結びつきに一役買っているのはよくわかっている。理央はそうしたものとは無関係の人間で、結婚したいと言っても周囲から反対されるのは目に見えていた。だから誰にも邪魔されないよう、昨夜二人で婚姻届を出したんだ」

二人の嘘《うそ》のなれそめを語る彼の横で、理央は精一杯しおらしい表情を作る。

想像以上の屋敷と威厳ある両親を前に、すっかり気持ちが萎縮していた。内心「大変なところに来てしまった」と考えていたが、もう遅い。ここまできたら貫き通すしかないのだと、自らに言い聞かせる。湊士が言葉を続けた。

「彼女の勤務先が倒産したのも、結婚を決めた理由のひとつだ。職を失ったのなら、俺の妻として傍《そば》で支えてほしい。そうプロポーズした」

するとと栄基が、渋面で言う。

「だがいきなりお前の妻になっても、うちのような家では大変だろう。何の素養もない女性に務まるとは思えないが」

「栄基さんのおっしゃるとおりですよ、湊士。花宮家の者と結婚した女性は、男性が能楽に集中できるよう、内向きのことをすべて取り仕切らなければなりません。マナーや教養がしっかりしていなければ、人前に出すのも憚《はばか》られます」

それを聞いた湊士が、落ち着いた口調で答えた。

「今でこそ理央は普通の会社員として暮らしているが、大学を卒業するまでは資産家の令嬢だったそうなんだ。不景気のあおりを受けて倒産してしまったけど、彼女は幼少期からお茶や生け花、ピアノ、書道や乗馬などを習得した教養ある女性で、お嬢さま大学であるS女子大学を卒業している。令嬢としてご両親に大切に育てられたからか、凛とした気品があって、おしとやかな雰囲気に俺は強く心惹かれた」

歯が浮くような誉め言葉に、理央は顔から火が出るような羞恥《しゅうち》を味わう。

確かにかつては社長令嬢だったが、伝統ある花宮家に比べれば〝成金〟といって差し支えなく、倒産した際に土地家屋を失ってしまった。それから普通に就職し、営業事務として七年間勤め、六畳1Kのアパートで独り暮らしをしてきたのだから、すっかり世俗にまみれている。

するとと両親が顔を見合わせ、室内に重苦しい空気が流れた。隣に座る湊士に軽く膝を小突かれた理央は、黒檀《こくたん》の大きな座卓越しに二人を見つめ、勇気を出して口を開いた。

「ご両親のご不快は、ごもっともです。本来ならば事前にお目通りを願い、きちんとご挨拶をした上で結婚のお許しを得るべきでしたのに、このような形になってしまい、大変申し訳ありません」

「…………」

「しかしながら、能楽師として活躍されている湊士さんを支えたいという気持ちに、嘘はございません。生家が没落した身の上であり、能楽とは無関係の人間であるわたしにとって僭越《せんえつ》であるとは思いますが、どうか彼の傍にいることをお許しいただけないでしょうか。お願いいたします」

深く頭を下げると、湊士も同様に首を垂れる。

そのまま動かずにいたところ、やがて栄基のため息が聞こえ、彼が口を開いた。

「本来ならきちんと踏まねばならないプロセスを蔑《ないがし》ろにして入籍したことは、今も許しがたく思っている。お前は彼女を教養ある女性だというが、そうしたことを〝是《ぜ》〟とする考え方は、ご両親もろとも常識を疑うレベルだ」

すると湊士が顔を上げ、わずかに語気を強めて答えた。

「入籍するというのは俺が無理やり押し通したことで、理央は最後まで躊躇《ためら》っていた。その点について、彼女とご両親を責めるのはお門違いだ」

「それほどまでに大切な女性なら、なぜもっと早く私に交際を打ち明けなかった？　お前によかれと思って胤森さんが見合い相手を見繕ってくださっていたのは、よく知っているだろう」

「俺はこれまで何度も、『その必要はない』と言った。半年前に何人か候補をピックアップしたときがあったけど、結局纏《まと》まらずに『しばらくは、そういうのはいい』って断っただろう。それなのに、こっちの気持ちを蔑ろにして話を進めようとしていたのは、父さんと母さんだ」

「まあ、何ですか、その言い様は」

彼と両親の激しい応酬が続き、理央はハラハラする。

家族に事前の相談もなく入籍することが非常識だという自覚があるだけに、身の置き所のない気持ちを味わっていた。

(どうしよう。これでご両親の理解を得られなかったら、湊士さんは仕事がやりづらくなるんじゃないのかな。それって本末転倒じゃない？)

だがしばらく言い争っていた彼らだったが、やがて栄基が折れる。彼は苦い表情で言った。

「いつまでも言い争っていても、埒《らち》が明かない。要は既に婚姻届を出してしまったのだから、入籍した事実は覆らないということだな」

「ああ」

「お前の勝手な行動には甚《はなは》だ呆《あき》れたが、これ以上言っても仕方あるまい。理央さんを妻として認めざるを得ないだろう」

するとそれを聞いた由香子が眉をひそめ、「でも、あなた……」と何か言いかける。しかし栄基は、それを遮るように言葉を続けた。

「ただし、早急に理央さんのご両親と顔合わせをする算段をつけてもらう。それから関係者へのお披露目を兼ねて式も挙げてもらうが、これは決定事項だ」

「ああ。了解した」

第三章

能は基本的に舞と〝謡《うたい》〟で構成されていて、オペラやミュージカルに近いものがある。能舞台は主に三間四方の本舞台、橋掛《はしが》かり、後座《あとざ》、地謡座《じうたいざ》からなり、そこに立つのは専門のエキスパートたちだ。演者は役割が厳密に分かれており、一生その役のみを行う。

花宮流は主役を演じる〝シテ方〟の流派で、シテ方は演目の主人公の他に〝地謡〟というコーラスも担当し、〝作り物〟という舞台装置や小道具も作る。

また、シテの後ろに控える後見《こうけん》も、シテ方の仕事だ。後見はシテの装束の着付けをしたり、本番中に台詞《せりふ》や所作を失念した場合に合図を送ったりする他、万が一舞台上で演じているシテに体調不良や事故があった際には、その代わりを務めるという重要な役どころになる。

さらにはシテに付き従う〝ツレ〟や〝トモ〟の役もシテ方から出すため、かなりの大所帯だ。その花宮流の宗家次男である湊士は、次世代のスターとの呼び声が高く、同年代の能楽師の中で頭ひとつ飛び出た存在だった。

子方、つまり子役のときからその存在感は際立っており、シテとして舞台に立つようになってからは目の肥えた客に実力を高く評価され、際立った容姿もその人気に拍車をかけている。

近年はテレビドラマに俳優として出演するようになり、イケメン能楽師として雑誌やメディアの取材を受けることが多かった。だが能楽師の仕事は、基本的に舞台と弟子に稽古をつけることだ。

八月の初旬、湊士は神田《かんだ》にある花宮流能楽堂にいた。パソコンに向かい、このあとの稽古の予約を確かめつつ、ふと〝妻〟である理央のことを思い出す。

(今日の稽古を見学するって言ってたな。だったら、そろそろ来る頃か)

彼女と入籍したのは、二カ月余り前だ。バーで客にしつこくナンパされていた理央を助け、一緒に飲むうちに意気投合して、湊士は彼女に〝偽装結婚〟を持ちかけた。

聞けば理央は、勤めていた会社が突然倒産して無職になった上、交際中の彼氏からは「寄り掛かられるのは重い」と一方的に別れを切り出されてやけ酒をしていたという。

彼女の飾らない人柄に好感を抱いた湊士は、説得してその夜のうちに婚姻届を出したが、そのあとが大変だった。案の定、両親からはきつい小言を食らい、「事前に挨拶のひとつもなく入籍するのだから、彼女もその両親も常識がないに違いない」とまで言われたが、その点は湊士が自分の我儘だとして全面的に理央を庇《かば》った。

いくら反対しても既に婚姻届を出したという事実は動かしようがなく、彼らは渋々結婚を認めてくれた。一方の理央の両親は、驚きつつも「歴史ある名家の子息と娘が結婚するのは、光栄だ」として、両家の顔合わせにも快く応じてくれた。

縁談を持ちかけてきていた胤森家の当主には丁寧に詫《わ》びを入れ、どうにか納得してもらったあとは、挙式の準備だ。能楽は昔から神社仏閣と縁があるため、神前結婚式をすることになって、急ピッチで話が進められた。

関係者を多数呼んで挙式と披露宴を終えたのは、今から二週間前だ。わずか二ヵ月で式を挙げられたのは奇跡に近いが、父の栄基が持つさまざまなコネを駆使して何とかなったのだという。

かくして湊士は、理央と公に夫婦になった。だがその実情は、状況を見て一年で別れることを決めている〝偽装結婚〟だ。

月額五十万円を対価に妻として振る舞ってもらい、性行為はない。花宮家の屋敷で一緒に暮らし始めてしばらく経《た》つが、彼女は家に馴染むためにかなり苦労しているように見える。

（まあ、母さんにしてみれば、最初の印象が最悪だっただろうし。……当然か）

母の由香子は悪い人間ではないが、とにかく厳しい。宗家の妻としての責任感が強く、息子と結婚して花宮家に入った理央に家のしきたりを教え込んでいるものの、口調は淡々としていてニコリともしなかった。

だがずっと義母である自分の傍にいては理央もストレスが溜《た》まると考えているのか、彼女は湊士が弟子に稽古をつける日は「あなたも能楽堂に行って、お能について学んでらっしゃい」と言って送り出している。

午後二時頃、事務所のドアが開き、遠慮がちに理央が中を覗き込む。湊士はパソコンのディスプレイから顔を上げ、声をかけた。

「お疲れ」

「お疲れさまです、湊士さん」

こちらを見た彼女が、ホッと気配を緩ませる。

今日の理央の服装は、万筋文様《まんすじもよう》の紹縮緬《ろちりめん》の江戸《えど》小紋だ。遠目にはグレーに見えるほどの細かい縞模様が施されていて、銀糸がさりげなく織り込まれた扇面文様の袋帯を合わせ、涼やかでありながらカジュアルすぎない、品のある装いとなっている。

理央が室内の様子を窺《うかが》っているのを見た湊士は、笑って言った。

「まだ誰もいないから、気を抜いて大丈夫だぞ」

「そう？」

人前では〝湊士さん〟と呼んで夫を立て、しおらしく振る舞っている彼女だが、二人きりのときは対等な口調になる。理央が事務所内に入り、ドアを閉めながら言った。

「外、すごく気温が上がってて、三十四度を超えてるんだって。駅から歩いてくるお弟子さんたちは大変かもね」

「そうだな」

彼女はタクシーで来たらしく、汗をかいていない。湊士がじっと見つめると、理央が不思議そうに首を傾げる。

「何？」

「いや。着物姿が、だいぶ板についてきたなと思って」

花宮家に入ってからの彼女は、義母の由香子に倣って毎日和服姿で過ごしている。

以前は普通の洋服で生活していたのだから、これだけでもかなり窮屈だろう。湊士がそう考えていると、理央が笑って言った。

「これでも、毎日お義母《かあ》さんに駄目出しされてるんだよ。『華美すぎる』とか『地味すぎる』って」

それを聞いた湊士は、心配になって問いかける。

「母さんに、結構ガミガミやられてるのか？　もしつらいなら、俺が注意するが」

「あ、大丈夫。言われてる内容は納得のいくものばかりだし、大半は『そうなんだー』って聞き流してるから。ちょっときつめの上司だと思えば、全然平気」

あっけらかんと笑う様子からは深刻な雰囲気を微塵《みじん》も感じず、湊士はホッと胸を撫《な》で下ろす。

実際に結婚してみると思いのほか理央の負担が大きく、湊士は彼女のメンタルが気になっていた。

だが顔を合わせれば屈託なく話をしてくれ、いい気晴らしになっている。

（何ていうか、性格がポジティブなんだよな。勤務先が倒産して、彼氏にも一方的に捨てられて、偽装結婚した家で義母に厳しくされてるんだから鬱になってても当たり前なのに、理央はそんな様子をまったく見せない）

そんな彼女と接しているとき、湊士は意外なほどリラックスしている自分を感じる。

普段は花宮流の次期宗家としてそつなく振る舞っていて、隙《すき》を見せないように気を張り詰めているため、余計そうなのかもしれない。理央が笑って言った。

「こうして『お能の勉強のために能楽堂に行って、お稽古を見せていただきなさい』って送り出してもらえるのも、いい気晴らしになってるしね。今日来るお弟子さんは、何人くらい？」

「十人」

花宮流能楽堂では週に二回、プロの能楽師による仕舞《しまい》・謡曲教室が行われている。

週二回の稽古を二年間受講することで、まったくの初心者でも花宮流の謡と仕舞を身につけることができるというプログラムだ。老若男女、年齢を問わず受け入れており、体験教室で仕舞をやって習いにきている小学生や、高校生や大学生、能楽に魅せられて定年退職後に始めた老人など、さまざまな人が受講している。

湊士が講師を務める日は特に人気で、女性が多いのが特徴だ。ここに理央が来たときは部屋の隅に控え、書生、つまり内弟子の永津一樹《ながつかずき》と共に稽古を見守るのが常だった。

「俺は明日京都《きょうと》で公演だけど、明後日《あさって》の昼に帰ってくる。午後から半休になるから、外に食事に出掛けないか」

湊士がそう言うと、彼女が眉を上げて言う。

「えっ、いいの？」

「いつも頑張ってくれてるからな。たまには嫁さん孝行をしないと、罰が当たる」

それを聞いた理央がみるみる目を輝かせたものの、ふと表情を曇らせてつぶやいた。

「すごくうれしいけど、お義母さんに何か言われないかな。ほら、まだまだ半人前なのに出掛けたりしたら、心証が悪いっていうか」

「母さんには、俺からちゃんと言っておくよ。心配するな」

湊士の言葉にようやく安堵《あんど》の表情を浮かべた彼女が、うれしそうに言った。

「じゃあ明後日、楽しみにしてるね」

＊＊＊

神田にある花宮能楽堂は、過去に数回の戦火での消失を経て、四〇年余り前に再建された。花宮流の中心拠点として、また他の流派の催しにも活用され、能楽の普及と発展への活動の場となっている。

理央が五反田の花宮家の屋敷からここにやって来たのは、稽古の見学をするためだ。能楽師の家に嫁いだのにまったく知識がない理央を心配し、義母の由香子から「稽古を見学したり、舞台を鑑賞して、一日も早く能を理解するように」と申しつけられている。

（今さらながらに、すごい家に嫁いじゃったな。何しろ室町時代から続く名家だもんね）

理央がバーで知り合った花宮湊士と入籍して、二ヵ月半が経っていた。

事前の挨拶もないままに見知らぬ女と婚姻届を提出した息子に対し、花宮夫妻は「常識がない」と厳しい言葉を浴びせていた。事実、初めて会ったその日のうちに酔いに任せて入籍してしまったのだから、理央はぐうの音も出ない。

だが湊士は両親に対して毅然《きぜん》と意見を述べ、「自分の我儘でこういう形になったから」と、終始理央を庇っていた。結局は夫妻のほうが折れ、周囲へのお披露目を兼ねた挙式を執り行うことを条件に結婚を許してもらえた。

それから二ヵ月、急ピッチで準備を進めて神前結婚式を挙げたが、そのあいだはとにかく大変だった。五反田の花宮家の屋敷で暮らし始めて以降は由香子につきっきりでしきたりを教えられ、来客対応や挨拶の仕方に細かく駄目出しをされる。

一度来た客の名前と職業を正確に覚えたり、さまざまなお使い物の業者を把握したりとやることは山積みだったが、義母の態度は冷ややかだった。

「もう入籍してしまったからやむを得ず受け入れたけれど、私も栄基さんもあなたたちの結婚には納得していません。信頼を勝ち得るには、相当な時間がかかることを心得ておきなさい」

彼女の言うことはもっともだったが、にべもない態度には傷つくことも多々あった。

だがこの結婚は、自分にとって〝ビジネス〟だ。月に五十万円の対価と退職金を目的に、一年間花宮湊士の妻を務める。これまで知らなかった能楽の世界は、カルチャーショックの連続だった。

何より驚いたのは、能楽師の多忙さだ。能の公演は通常一日限りで、今日は東京《とうきょう》、明日は京都といった具合に、日本全国を移動しながら上演している。

湊士はシテを務める一方、別の演目では地謡や後見、ツレやトモをするなど、日々違う役割を担っているらしい。東京にいるときは弟子に稽古をつけたり、〝申し合わせ〟と呼ばれるリハーサルをしていて、ほとんど休みがなかった。

（湊士さんを見ていたら、わたしが「忙しい」なんて思うのはおこがましく感じちゃう。……本当に休みらしい休みがないもんね）

そんな中、明後日の午後から半休だと聞いて、実はホッとしていた。だが貴重な休みを、自分と出掛けて潰してしまってもいいのだろうか。

とはいえ、結婚後はずっと花宮家にこもっていた理央は、外に出掛けられると聞いて気持ちが浮き立っていた。久しぶりの外出なのだから、行きたいところがたくさんある。

(すっごく楽しみ。行き先は、湊士さんが決めるのかな。それともわたしの希望を言ってもいい感じ？)

先ほどまでシャツとスラックスという服装だった湊士が、稽古着に着替えてくる。

今日の彼は、生成り色の籠絞り小紋《かごしぼ》に紺の無地袴《むじばかま》を合わせていて、端然としたその姿に理央は思わず見惚《みと》れてしまった。スカートのような筒状の行燈袴《あんどんばかま》ではなく、ズボンのように二股に分かれた馬乗り袴を身に着けているのは、弟子に足さばきを見えやすくするという目的があるらしい。

(悔しいけど、着物が似合っててすごく恰好いい。……この人が女性に人気があるのも納得できる)

初めて会った夜も、その容姿は際立って見えた。

あのときは適度にラフでありながら男の色気を感じる服装だったが、湊士の魅力を最大限に引き出すのは、やはり幼少時から着馴れているという和服だ。

均整の取れた体型や清潔感のある長さの黒髪、しっかりとした肩幅を着物が引き立て、背すじが伸びた立ち姿と端整な顔立ちは、〝能楽界の貴公子〟と呼ばれているのも頷《うなず》ける雰囲気を醸し出している。

(わたしは全然知らなかったけど、湊士さん、雑誌やメディアに結構取り上げられてるんだよね。

朝ドラにも、かなりいい役で出てたみたいだし）

稽古に女性の姿が多いのは、メディアの露出の影響が大きいようだ。

その後、休憩に行っていた事務員と湊士の内弟子の永津が連れ立って事務所に入ってきて、理央は〝花宮家の若妻〟の仮面を被る。まもなく弟子たちが続々と到着して、ロビーが一気ににぎやかになった。

稽古場は大きな広間の奥に本番さながらの板張りの舞台が設《しつら》えられており、全員正座で行う。稽古に必要なものは和綴《わと》じの謡本とそれを置く見台《けんだい》、能舞台に上がるときに必ず履かなければならない足袋《たび》だ。見台の横板に彫られている文様は流派によって違い、花宮流は蓮を模した形で、雅《みやび》やかだった。

講師である湊士は、舞台の上で張盤《はりばん》と呼ばれる台と張扇《はりおうぎ》の前に座り、「本日はよろしくお願いいたします」と挨拶する。

「さて、今回の謡の練習は〝高砂《たかさご》〟の一節です。横にふりがなを振って予習してくるように言いましたが、皆さん目を通されてきたでしょうか」

湊士の声はよく通り、話しぶりも堂々としている。舞台の隅に永津と並んで正座した理央は、彼の稽古を見守った。

「〝謡〟は能で演じられる状況や物語を、すべて歌で表現しています。舞台の右端に座っている地謡が、その担当ですね。謡では音の高低を〝調子〟、声の強弱を〝吟《ぎん》〟、リズムを〝拍子〟と言い表しますが、この高砂は〝ツヨ吟〟、すなわち声を強く張って謳うものになります」

ちなみに謡本には、文字の横に〝ゴマ節〟といわれる記号が振られている、音楽の譜面にある演奏記号と同じで、強弱のつけ方や節回しをわかりやすくしているものだ。とはいえ初見ではわかりにくいため、湊士が実演する。

「ツヨ吟ですから、とにかく声を腹から大きく出します。僕が一節ずつ謳いますので、恥ずかしがらずについてきてください」

そう言って彼は、〝高砂〟の待謡《まちうたい》の一節を朗々と謳い始める。

その声は艶やかで張りがあり、端で聞く理央は密《ひそ》かに興奮した。

(すっごくいい声。お能の舞台って、マイクとかの音響装置は使わないんだよね。演者さんの声だけで演じるから、こんなに声量があるんだ)

ときどきこうして稽古の様子を見せてもらっているが、能楽師としての湊士を目の当たりにするたび、理央はドキドキする。

これまで能楽の世界に触れたことはなかったものの、彼が高いプロ意識を持って活動しているのがわかり、尊敬の念がこみ上げていた。日本全国を飛び回って舞台をこなす傍《かたわ》ら、弟子に稽古をつけたり、取材対応をしたりといった過密スケジュールをこなし、それでいていつも涼しい顔をしている。

（あんなに忙しいのに疲れた様子を見せないのって、実はかなりすごいよね。湊士さんの舞台、一度観《み》てみたいな……）

これまではなかなか都合がつかず、理央は湊士の舞台を一度も観たことがない。

そんなことを考えているうち、次第に正座をしている脚が痺《しび》れ始めた。できるだけ姿勢を崩さないように足先をモゾモゾと動かすが、痺れはどんどん増すばかりだ。

（何がつらいって、花宮家では正座をする機会が多すぎるんだよね。……ううっ、どうしよう）

すると隣に座る永津が理央をチラリと見やり、抑えた声でささやいてくる。

「理央さん、脚の痺れがつらいなら、一度退出しますか？」

「だ、大丈夫……」

栄基の内弟子である彼は二十一歳の可愛《かわい》らしい顔をした青年で、花宮家の遠縁に当たる。

通常なら一般家庭の人間が能楽師を志す場合、国立能楽堂や大阪能楽養成会の研修生というプロセスを経なければならないが、遠縁ということで特別に弟子入りするのを許されたらしい。

とはいえ宗家である栄基は多忙なため、普段は湊士と行動を一緒にしており、理央とも接する機会が多かった。おかげで今は敬語ではなく、素の口調で気安く話せる間柄になっている。

（永津くんは正座に慣れてるから、まったく顔色を変えてない。わたしもお弟子さんたちに、みっ

ともないところを見せないようにしないと）

何とか正座を保っている理央をよそに、弟子たちは声を張り上げて〝高砂〟を謡っている。

湊士いわく、最初は恥ずかしがっていた人も次第に大きな声を出すのが爽快になっていくらしく、

彼は「いいですよ」「その調子です」と合いの手を入れ、やがて微笑《ほほえ》んで言った。

「後半の〝住《すみ》の江《え》に〟の謳い回しですが、ちょっと難しいですね。謡本に表記はされていないのですが、〝に〟に下げるという意味合いの記号がついているので、その直前の〝江〟は必ず上げる決まりになっています。では、もう一度」

みっちり謡の練習をしたあとは、仕舞へと移る。

基本の構えは扇を右手に持ち、左手を同じ高さにして、やや前屈みになる。腰を弓なりに後ろに引き、肩甲骨を閉じて胸を張って顎《あご》を引くが、慣れていない人間にはかなり窮屈な姿勢らしい。

「まずは構えとすり足で、型をやってみましょう。扇を前に出し、すり足で一歩分前へ。これを〝サシコミ〟といいます。扇を横に払い、後ろに戻る。これが〝ヒラキ〟です」

前に一歩出て戻るだけの動きだがかなり難しいらしく、初心者の弟子たちは四苦八苦している。

やがて湊士が舞台でお手本の〝高砂〟を舞ったが、住吉明神《すみよしみょうじん》の〝神舞《かみまい》〟は颯爽《さっそう》として力強く、思わず見惚れてしまうほどだった。

約二時間の稽古が終わり、弟子たちが「ありがとうございました」と頭を下げる。理央と永津も

頭を下げ、稽古場から人がいなくなると、湊士がこちらを見下ろして笑った。

「もしかして、脚が痺れて動けないのか？」

「……っ、しょうがないでしょ、まだ慣れてないんだから」

彼が手を差し伸べてくれ、理央はそれをつかんだものの足に力が入らず、思わずよろめいてしまう。

「あ……っ」

「危ない」

ふらついた身体を湊士が抱き留めてくれ、理央の心臓が跳ねる。

彼の身体はしっかりしており、着物越しの硬い感触に頬が熱くなった。慌てて身体を離そうにも足の痺れは継続中で、混乱しながら言った。

「ご、ごめんなさい。わたし……っ」

「わあ、やめてくださいよう、二人とも。新婚なのはわかりますけど、目の毒です」

永津が冷やかすようにそんなことを言い出し、理央はますます真っ赤になる。すると湊士が、ニヤリと笑って言った。

「こんなんで目の毒とか言ってんのか？　お前はお子様だなあ、一樹」

「ちょっ、な、何言ってるの」

まるで自分たちがもっとすごいことをしているかのように言われ、理央は彼に抗議する。

（そうだよ。わたしたちは、全然そういうんじゃないんだから……っ）

先ほどより痺れが治まってきた足に力を入れ、理央は湊士から身体を離す。そして表情を取り繕って言った。

「わたし、お屋敷に戻らないと。お義母さまが待ってるし」

「俺と一樹も戻るから、一緒に帰ろう」

花宮家の車に乗り込み、永津の運転で五反田の屋敷に戻る。

後部座席で湊士と並んで座りながら、理央は先ほどのことを思い出し、じんわりと頬を染めた。

（湊士さんの身体、すごくしっかりしてて大きかった。……男の人なんだな）

彼は自分の〝夫〟だが、身体の関係はおろかキスひとつしていない。

偽装結婚をする条件の中に性行為は入っておらず、同じ部屋で眠っていても、湊士がそうした接触をしてきたことは一度もなかった。最初こそ「一緒の部屋で寝ていれば、何か間違いがあるかもしれない」と警戒していた理央だったが、彼はこちらに背を向けて寝ていて指一本触れてこず、そうした日々が続くうちに「この人は、わたしに全然興味がないんだ」と考えるようになり、いつしか普通に眠れるようになっていた。

（たぶん、真面目なんだろうな。わたしと二人のときとか永津くんの前ではさっきみたいな砕けた口調で話すけど、お弟子さんや関係者の前では折り目正しくて、まるで別人みたいだし）

そんな湊士とひょんなことから入籍してしまった理央だったが、一緒に暮らし始めてその人となりを知るようになり、複雑な気持ちを抱いている。

初めて出会ったときの印象は、「やたら顔がいい、色気がある男だな」というもので、酒が強いのも好感度が高く、話していてとても楽しかった。こちらをホテルに連れ込んでも手を出さず、結婚したあとも〝性行為はなし〟という約束を忠実に守っている。それは湊士が信頼に足る人物であることを如実に表しているが、何となくモヤッとする感じも否めない。

(わたし、湊士さんの中で自分がそういう対象から外れていることにモヤモヤしてる。何だろう、女としてのプライド？)

もし妻としての務めで性行為を求められたりしていたら、自分はきっと偽装結婚には応じなかったに違いない。

だが「まったく対象外だ」という態度を取られると、それはそれでプライドが傷つけられる。

(ああもう、何考えてるんだろ。ビジネスの〝妻〟なんだから、面倒なことにならなくてよかったはず。うん、不満は何もない)

自らにそう言い聞かせているうち、車は花宮家の屋敷に着く。建物の中に入った理央は、由香子のところに挨拶に行った。

「お義母さま、ただいま戻りました」

「おかえりなさい。湊士のお稽古は、勉強になった？」

「はい、とても」

脚が痺れて大変だったことはおくびにも出さずにそう答えると、そこに湊士がやって来て彼女に向かって言う。

「母さん、俺は明日京都公演で、向こうに一泊してくるが、明後日の昼までには戻る」

「ええ、聞いてますよ。演目は〝鉄輪《かなわ》〟でしょう」

「ああ。それで明後日の午後なんだが、理央と一緒に出掛けてきてもいいか？」

それを聞いた由香子が「理央さんと？」とつぶやき、湊士が頷いて言う。

「結婚してから、彼女はずっとこの家のしきたりを覚えるのに精一杯で、ろくに外出していないだろう。たまには息抜きに、連れ出してやりたい」

二人の会話を聞く理央は、胸がドキドキしていた。自分は花宮家に嫁いだ者としてまだまだ半人前であり、そんな身分で「息抜きに外出したい」などと言うのは、少し図々しい気もする。

そんなふうに考えていたものの、由香子は小さく息をついて言った。

「いいわ。確かにこの二カ月間、息抜きらしい時間はなかったものね。たまには夫婦水入らずで出掛けてらっしゃい」

「えっ、いいんですか？」

取り繕うのも忘れ、理央が思わず素の表情で問いかけると、彼女が気を悪くした顔で頷く。

「もちろんいいわよ。そんな聞き方をするなんて、理央さん、あなた私をどんな人間だと思っていたの。確かにあなたを当家の嫁として厳しく躾《しつ》けてはいるけれど、別に鬼ではありませんよ」

「そ、そうですよね。申し訳ありません」

恐縮して謝りながら、理央は喜びがじわじわとこみ上げてくるのを感じた。

(久しぶりに、外で自由に過ごせるんだ。うれしい、何しよう)

由香子がつんとして言った。

「ぼうっとしていないで、湊士の着替えを手伝ってきてちょうだい。着物はきちんとブラシを掛けて、すぐには箪笥《たんす》にしまわずに陰干ししておくんですよ」

「はい、わかりました」

第四章

能楽を鑑賞できるのは、全国にある能楽堂や会館、ホールなどで、それぞれ趣《おもむき》が違う。

今回の舞台である京都の能楽堂は、かつて鉾町《ほこまち》の中心部にあったものが御所《ごしょ》の西に移転したもので、モダンで瀟洒《しょうしゃ》な雰囲気だ。百三十年余りの歴史があった旧能楽堂から能舞台をそのまま移築しているために鏡板は古く、下地に引かれている金が松の葉に光沢を持たせ、典雅な趣がある。

能楽の公演が歌舞伎や文楽のように長期公演が行われないのは、〝一期一会〟を重んじているからだ。大々的に宣伝されることは少なく、見逃せばそれで終わりのただ一度きりの公演に、演者は魂を込める。

今日の演目は〝鉄輪〟で、夫から一方的に離縁され、生きながら鬼となった女の情念を描いた作品だ。今回シテを務める湊士は、装束の間で後見や数人のシテ方に手伝ってもらい、装束を着ける。

午後二時に開演の時を迎えると、まずは五色の揚幕《あげまく》の際にある鏡ノ間で囃子方の最終調整である〝お調べ〟が始まり、囃子方と地謡がシテに一礼してから舞台に上がる。

演者の中でただ一人床几《しょうぎ》に座ることを許されていた湊士は、面《おもて》を手に取り、両手で押し頂いて敬意を表してから顔に着けた。このときが役に没入する瞬間で、主人公の女の気持ちになりきる。

前場が終わるとシテは中入《なかいり》して一旦舞台から去り、着替えのために装束の間に入った。そのあいだ、舞台では狂言方による〝間《あい》狂言〟が始まり、これまでのあらすじやシテの人物像を口語体でわかりやすく解説する。

その後は笛と小鼓《こつづみ》、大鼓《おおつづみ》の調べが後場《のちば》の始まりを告げ、再びシテが舞台に登場した。このときは前場で秘めていた本性を現すために装束と面を変えており、主人公の内面に迫る内容になっていく。

演目が終わると、会場内はしんと静まり返り、湊士は扇を閉じて橋掛かりから退場した。後見が作り物を片づけ、囃子方と地謡も退場するが、拍手などはない。観客は能独特のしみじみとした余韻を味わい、やがて少しずつ席を立って帰り始めるのがいつもの流れだった。

装束を脱いだ湊士は、楽屋に戻る。すると内弟子の永津が、畳に膝をついて迎えてくれた。

「お疲れさまです、湊士さん。今日も素晴らしい舞台でした」

「ああ」

「支援者の箱崎《はこざき》さんから、このあとの会食の場所の連絡がきています。祇園《ぎおん》の〝門奈《もんな》〟さんで、午後七時だそうですから、六時半くらいにこちらを出ると間に合うと思います。何か飲まれますか？」

「水をくれ」

いわゆるタニマチとの会食を前に、その後はしばらく楽屋を訪れる関係者や演者と話し、親睦を深める。やがて人が途切れたところでやって来たのは、三十代の細身の男性だった。

「お疲れさま、湊士」

「……兄さん」

彼――花宮亘輝《こうき》は、湊士の兄だ。今回はシテ方として地謡に加わっており、舞台衣裳である紋付袴を脱いでいて、落ち着いた和服姿だった。甘さのある顔立ちと目元にあるほくろが印象的な亘輝は、柔和な雰囲気の持ち主で、湊士に向かって穏やかに言う。

「このあとの食事会、僕も呼ばれてるんだ。タクシーに相乗りしていってもいいかな」

「ああ、もちろん」

現在三十歳の彼は、花宮流宗家の嫡男だが、後継者とは目されていない。

そこには事情があり、本人も納得しているようだが、湊士は何となく引け目を感じていた。永津が出したお茶を「ありがとう」と受け取った亘輝が、微笑んで言う。

「湊士の〝鉄輪〟は久しぶりに見たけど、後場の登場シーンが圧巻だったね。静かで、まるで体重がないかのような動きが、人ではなくなったことを如実に表していて」

しばらく能について意見を交わしたあと、彼が「ところで」と言う。

「明日東京に戻ったら、午後から理央さんとデートなんだって？　彼女、うれしそうにしていたよ」

理央が兄にそんな話をしていたのを意外に思いつつ、湊士は「ああ」と答える。亘輝が湯呑《ゆの》みを手に持ちながら、言葉を続けた。

「いきなりお前が結婚したときは、本当にびっくりしたな。だってそんな兆候はまったくなかったし、普段から行動を共にしている一樹だって知らなかったわけだろう？　いつのまにつきあってたんだ」

「まあ、陰でこっそりと」

湊士が適当に答えると、彼はお茶を一口啜《すす》り、茶托に湯呑みを置いて言葉を続ける。

「胤森さんのところの千穂《ちほ》さんは、相当憤慨していたらしいね。何しろ湊士と見合いをするのは、確実だって思ってたようだから」

「よく知ってるな、そんな話」

「あちこちから、いろいろ聞こえてくるんだ。それに僕はてっきり、お前は美織《みおり》さんとそういう感じになるのかと思ってたよ。何しろ彼女は、あんなに美人でおしとやかだし」

それを聞いた湊士は目をそらし、素っ気なく答えた。

「兄さんがどう思おうが、俺にはそんな気はなかったから」

「そうか。でも理央さんは、いい子だね。きれいだし、いつも一生懸命に母さんの言うことを聞いてて。でも話してみると案外気さくなところがあって、見た目とギャップがあるのが面白い」

自分の知らないところで理央と亘輝が親しく話しているのだと知り、湊士はモヤッとする。

(理央のやつ、兄さんと世間話をして素の部分が出てるなんて、ちょっと気が抜けてるんじゃないか？　勢いで偽装結婚のことをばらされでもしたら、堪《たま》ったもんじゃない)

その後はタニマチと会食をし、芸者を呼んだ座敷で夜半まで飲んで、午前一時に就寝した。

翌朝は関係者に挨拶をしたあと、新幹線で東京に戻る。二時間少々で駅に着き、そこからタクシーで五反田の屋敷に向かうと、理央が出迎えてくれた。

「おかえりなさい、湊士さん」

「ただいま」

「亘輝さんと永津さんも、お疲れさまでした」

今日の彼女は淡い藍染の夏塩沢《なつしおざわ》に秋草花の染め帯を合わせた、涼しげな着物姿だ。

永津が荷物を中に運んでくれ、湊士は衣裳部屋で着替えをする。手伝いについてきてくれた理央を振り返り、湊士は彼女に告げた。

「早速出掛けようか。俺は着物じゃなくて洋服にするから、理央も着替えてくるといい」

「うん」

パッと目を輝かせた理央が、足取りも軽く夫婦の寝室に入っていく。

階段を下りたところで待っていると、やがて白いブラウスにグリーンのフレアスカート、髪を下ろした彼女がやって来た。

「どうかな。こういう恰好、久しぶりなんだけど」

コンサバのきれいめな恰好は最初に出会ったときを彷彿とさせ、耳元と首に光る華奢なデザインのアクセサリーが女らしさを感じさせる。

湊士が答えようとした瞬間、廊下の向こうでこちらに目を留めた亘輝が眉を上げて言った。

「理央さん、そういう服装もよく似合うね。可愛い」

「ありがとうございます。このおうちに来てからはずっと着物だったので、何だか新鮮です」

笑顔で話す二人は仲睦まじく見え、言いたかった言葉を奪われた形の湊士は、何となく面白くない気持ちになる。踵《きびす》を返し、先に玄関へと歩き出しながら、湊士は理央に向かって言った。

「――行こう」

「あっ、はい。では亘輝さん、失礼します」

「いってらっしゃい」

屋敷を出てガレージに向かい、自分の車の鍵を開ける。すると後からついてきた彼女が問いかけてきた。

「車で出掛けるの？」

「ああ。そのほうが、移動しやすいだろ」

助手席に乗り込み、シートベルトを締めた理央が、笑顔で言った。

「湊士さんが運転する車に乗るの、初めて。いつも相乗りするときは、永津くんが運転してくれてるから」

「そうだっけ」

「何だかデートみたいだなって思って。あ、別に変な意味じゃないんだけど」

慌てたようにつけ足すのが可愛く思え、湊士はハンドルを握りながら答える。

「――俺は、そういうつもりだけど？」

「えっ」

「行きたいところがあるなら、連れていくよ。どこがいい？」

すると彼女が「えっと」と口ごもり、遠慮がちに言う。

「まずは映画かな。わたし、結婚する前は月に三回は観に行くくらい映画好きだったの。だから久しぶりに観たいなって」

「ふうん。あとは？」

「カフェでご飯も食べたい。あっ、でも、のんびりスパで過ごすのも捨てがたいな……でも半日しかないから、全部は無理だよね。うーん」

次々と理央の〝やりたいこと〟が出てきて、それを聞いた湊士は考える。

（俺と結婚したばかりに、彼女はきっといろいろなことを我慢してきたんだろうな。これまで気がつかなくて、悪いことをした）

湊士自身が普段仕事ばかりで、それをストレスと感じていないため、理央への思いやりに欠けていた。彼女はまったく知識がないまま能楽師の家に嫁ぎ、しきたりや雑務などを由香子から厳しく教えられている。それなのに文句ひとつ言わず、前向きに頑張っているのを見ると、ひどくいじらしく感じた。

（俺は……）

ハンドルを握る手にわずかに力を込めた湊士は、前を向いて運転しながら口を開いた。

「やりたいことを全部叶《かな》えてやりたいけど、確かに半日では無理だ。だから今日できなかったことは、次回にしよう。理央が週に一度は外出できるように、ちゃんと時間を作るから」

「本当？」

「ああ。今まで気がつかなくて、悪かった」

互いの利害のために〝偽装結婚〟を申し出たはずだが、思いのほか理央の負担が大きく、湊士は申し訳ない気持ちでいっぱいになる。

せめて今日は、彼女が楽しめるようにしたい。そう考え、努めて明るく問いかけた。

「それで、観たい映画は決まってるのか？」

「うん。三つくらい候補があるんだけど」

話し合い、観るものを決めて、池袋《いけぶくろ》のシネコンに向かう。

最新の劇場設備を誇り、座席のバリエーションも豊富だったが、「せっかく来たのだから」と電動リクライニングがついたリッチなシートにした。

理央がチョイスした映画は海外のクライムサスペンスで、面白かった。終わったあとに緑豊かな公園を眺められるカフェに移動し、飲み物とドーナツをオーダーして感想を言い合う。

「犯罪組織のボスと刑事っていう関係が、緊迫感があってよかったよね。伏線もいっぱいあって」

「駆け引きと最後の銃撃戦が、圧巻だったな。映画を観たのは久しぶりだけど、すごく楽しめた」

それを聞いた彼女が笑い、アイスティーのグラスを手に言う。

「湊士さんに楽しんでもらえてよかった。わたしの我儘につきあわせてしまって、申し訳ないなって思ってたから」

「いや、新鮮だったよ。何しろ映画館に来たのは大学のとき以来だから、『今はこんなふうになってるんだな』って、浦島太郎《うらしまたろう》の気分だ」

「でも、レトロなミニシアターとかも面白いよ。大きい映画館では上映していないものをやってたりして」

理央から都内のあちこちの映画館の話を聞いたあと、アイスコーヒーを飲みきった湊士は、彼女に提案する。

「せっかく来たんだから、思いっきりベタなデートしようか」

「えっ？」

「行こう」

＊　＊　＊

平日の午後四時、往来は行き交う人が多くにぎわっている。

青く澄んだ空からは灼熱《しゃくねつ》の日差しが降り注ぎ、蒸し暑い。カフェを出た理央は、自分の一歩前を歩く湊士の背中を見上げ、じんわりと気恥ずかしさをおぼえた。

（この人、無駄に恰好よくて嫌になる。映画館まで歩くときも、カフェの中でも、女の子たちがチラチラ見てたし）

そんな彼は、車を降りてから顔半分をマスクで隠している。なぜなのか理由を聞いたところ、昨年ドラマに出演してから女性ファンが増え、ときどき外で声をかけられるようになったのだそうだ。一人のときはともかく、今日は理央と一緒のため、顔を隠しているという。

（すごい、バリバリの芸能人だ。そんな人と一緒に歩くなんて、結構まずくない？）

ましてや結婚までしているわけで、ファンにばれるかもしれないことに不安が募る。すると湊士が苦笑して言った。

「マスクで顔を隠してれば、大抵はばれないから大丈夫だ。ごめん、暑苦しくて」

「う、ううん。別にいいけど」

今日の昼に京都から帰ってきた彼は、理央の顔を見るなり「早速出掛けようか」と言ってくれ、約束を忘れられていなかったことにうれしくなった。結婚してから約二ヵ月半、花宮流能楽堂に行くときくらいしか外出していなかった理央は、今日を心の底から楽しみにしていた。

(自分で思っていた以上に、ストレスが溜まってたんだろうな。まあ、前とは生活が一変したんだから、当然かも)

花宮家では毎日着物を着るのを求められ、家風に不慣れで注意されることも多く、気苦労の多い毎日だった。そもそも自分たちの関係は実情を伴わない偽装結婚で、理央は今の生活をいわば〝仕事〟として捉えているため、人間関係を一歩引いたところから見ている。

実際に由香子が義母だったら自身への態度の冷たさに病んだかもしれないが、「事前の挨拶などの正当なプロセスを経ずに結婚した非常識な嫁なのだから、受け入れられなくて当然だ」と客観的に考えることができ、ダメージは少なかった。

とはいえ能楽師の家系である花宮家の生活は、当初想像していた以上に大変だ。来客が多い上、その一人一人の顔や素性を覚えなければならず、ちょっとした言葉遣いや姿勢にも厳しい声が飛ぶ。さまざまな集まりの手配や準備に追われ、招待状の発送業務などに時間を取られるのも、地味に体力を削った。

着物は毎朝義母にチェックされ、季節感にそぐわなかったり、着方が乱れていたりすると即座に注意される。

(これがあと十ヵ月くらい続くんだ。……きついな)

そんな中、夜に寝室で湊士と話すひとときは、理央にとって気が抜ける時間となっていた。

多忙な彼を慮《おもんぱか》って、話す時間は長くて三十分程度に留《とど》めているが、素の自分で湊士と会話をすると緊張で張り詰めていた神経を緩めることができる。

だからだろうか。ここ最近の理央は、彼が地方公演で不在の夜はひどく物足りない気持ちになっていた。屋敷で忙しくしている最中に湊士の姿を見かけたり、能楽堂に稽古の見学に行くのを許可されたときは、うれしくなる。

能楽に触れるうちに少しずつ彼のすごさがわかってきて、じわじわと尊敬の念も抱いていた。何より胸を騒がせるのは、その端整な容姿だ。和服姿が似合う彼は、いつも背すじが伸びて姿勢がよく、表向きの顔は折り目正しく柔和に見える。

しかし理央の前で見せる素の顔は洒脱な雰囲気で、どこか気だるげな様子に色気がにじみ出ていた。今日は白いTシャツに黒のテーラードジャケット、スリムなシルエットのパンツというシンプルな服装だが、湊士のスラリとした体型を引き立てていて、文句なしに恰好いい。

(こんな人とわたしが、世間的に見たら〝夫婦〟なんだ。……実際は全然そんなことはないんだけど)

偽装結婚なのだから、キスも性行為もないのは正しい。

それなのに最近は彼にときめく瞬間が多々あって、そんな自分に理央は戸惑っていた。先ほどは「せっかく来たんだから、思いっきりベタなデートしようか」と提案されて、図らずもドキリとした。

(今日の外出って、普段〝花宮家の嫁〟を頑張っているわたしへのご褒美なのかな。いわば福利厚生的な?)

かりそめの関係なのに〝デート〟などと言われたら、変に意識してしまう。

湊士が向かったのは、カフェに程近いところにある複合施設だった。さまざまな店をウインドーショッピングしたあと、エレベーターに乗って最上階で降りるのを見た理央は彼に問いかける。

「もしかして、プラネタリウム?」

「ああ。ベタなデートをするって言っただろ」

五組限定のソファシートのチケットを購入し、入場する。

ドームは開放的な空間で、通常の座席の他に人工芝の上で寝そべりながら鑑賞できるゾーンもあり、ランタンの優しい光がまるでキャンプに来たかのような雰囲気を醸し出していた。

「わたし、プラネタリウムは中学校の学校行事以来かも」

「俺もそんな感じだ」

ソファシートはふかふかで座り心地がよく、大人二人が並んで座っても余裕があった。

背もたれになる丸形のクッションの他、膝に載せられる大きな白熊のクッションがあり、抱えるととても落ち着く。

プラネタリウムは実際の星の瞬きや明るさをリアルに再現していて、ロマンチックだった。上映中にそっと隣を窺うと、青い光の中に浮かぶ湊士の整った横顔がある。それを見た理央は、「やっぱりきれいな顔をしてるな」と考えた。

（湊士さん、わたしと結婚したのは「嫌いな女性とのお見合いを回避するためだ」って言ってたけど、ちゃんと婚活して好きな人と結婚することは考えなかったのかな。この人が本気で迫って落ちない女性は、たぶんいないのに）

もし今後彼に好きな人ができたら、自分との結婚期間が短くなる可能性があるのではないか。

ふとそう思い至った瞬間、何ともいえない気持ちになって、動揺した理央はドームに視線を戻した。日頃あちこちに出張して公演しているのだから、異性との出会いはかなりあるはずだ。その中の誰かと恋に落ちて結婚したいと考えれば、晴れて自分は自由だ――そう思うのに、何となく後ろ髪を引かれるような、モヤモヤとしたものが胸に渦巻いて複雑になる。

やがてプラネタリウムの上映が終わり、ドームの外に出た。こちらを振り向いた湊士が、時計を見て言う。

「四時過ぎか。この辺りをぶらついたあと、どっかで飯を食って帰ろう」

「いいの？」

「ああ。せっかく来たんだし、酒を飲めるところにするか？」

理央は驚き、彼を見上げて問いかけた。

「でも……車で来てるし、あんまり遅くなったらまずいんじゃない？」

「車はパーキングに置いていって、明日以降に取りに来ればいい。何しろ二ヵ月も我慢してたんだ、久しぶりに飲みたいだろ」

確かに酒を飲むのは嫌いではなく、独身時代は週に一度は必ず飲みに行っていた。

格式高い花宮家に嫁いだあとは飲みに出掛けるわけにもいかず、「離婚するまでは、我慢するしかないんだろうな」と考えていただけに、湊士の提案はうれしい。

理央は彼を見上げ、興奮気味に言った。

「行きたい！　あんまり遅くならないようにするなら、ご飯のあとにバーも行ける？」

「ああ。どこでも連れていくよ」

「やったー」

カフェでお茶を飲みながらどこで食事するかを話し合い、湊士が店を予約してくれる。

車で二十分ほどかけて向かったのは、クラフトビールの専門店だった。常時六十種類もの瓶ビールと十種類以上のクラフトビールを取り揃え、サラリーマンや外国人客でにぎわっている。

奥の個室に案内され、湊士に「何飲む？」と聞かれた理央は、メニューをじっくり吟味して赤褐《せきかっ》色《しょく》のアンバービールを選択した。彼はアルコール度数の高いトリペルビールをオーダーし、乾杯する。

「はあ、染みるー。久しぶりに飲むと、ガツンとくるね」

胃に染み渡っていくアルコールに思わずそんな感想を漏らすと、湊士がフードメニューを差し出して言う。

「空きっ腹で飲むと、一気に酔うぞ。何か食ったほうがいい」

パテ・ド・カンパーニュや生ハムの前菜、ウニと牛肉のタルタル、オマール海老《えび》とアボカドのサラダなどを頼み、杯を重ねる。理央は上機嫌で彼を見つめた。

「わたし、今日のお出掛けをすっごく楽しみにしてたんだ。もし湊士さんの帰りが遅くなったり、約束を忘れてたら、どうしようかと思っちゃった」

「俺から誘ったんだから、忘れるわけない。そういう人間に見えるのか？」

「でも公演で日本全国を飛び回ってて、すごく忙しいでしょ。結婚するまで、能楽師がそんな忙しいなんて知らなかったから、びっくりしちゃって。ところで湊士さんは、いつから能楽師をやってるの？」

理央の問いかけに、湊士はビールのグラスに口をつけながら答える。

「二歳から始めて、初舞台は三歳」

「えっ、そんな小さいときから？」

「立って歩けるようになった頃からな。子方っていって、子どもに割り振られる役が結構ある。シテ方の家に生まれた子どもは、だいたいそれで初舞台を踏むんだ。俺は三歳になったばかりで相当早かったみたいだけど、宗家の跡継ぎだから」

意外にも、子方が演じるのは必ずしも子どもの役だけではないという。

「〝船弁慶《ふなべんけい》〟や〝安宅《あたか》〟では、成人男性である源義経《みなもとのよしつね》を子方が演じる。なぜだと思う？」

考えてもわからずに理央が首を傾げると、彼が説明する。

「能独特の、〝主人公《シテ》中心主義〟がある。〝船弁慶〟の前シテは静御前《しずかごぜん》で、義経を大人が演じてしまうと、主人公である静御前が目立たなくなってしまうんだ。〝安宅〟では、シテの弁慶が敵を欺くための咄嗟《とっさ》の機転で義経を強く打ち据える場面があるんだけど、義経が子方であるだけでよりかわいそうに見えるという、演出上の効果も生まれる」

「あ、なるほど」

スラスラとよどみなく説明され、理央はすっかり感心してしまう。だがひとつ引っかかっていることがあり、遠慮がちに問いかけた。

「あの、湊士さんがお義父《とう》さんの跡継ぎだっていうけど、お兄さんの亘輝さんがいるよね？　それなのにどうして……」

　すると湊士がグラスをテーブルに置き、口を開いた。

「俺は二歳から能の稽古を始めたが、兄さんは七歳からだ。――花宮家に来たのが、その年齢だから」

「えっ？」

「実は兄さんは、俺の母親が産んだ子じゃない。父さんが結婚前に別の女性に産ませた子で、彼女が亡くなったことで花宮家に引き取られたんだ」

　彼の父の栄基は結婚前に銀座のクラブに勤める女性とつきあっていたが、由香子との見合いの前に破局していたらしい。

　だが彼女は秘密裏に子どもを産んでおり、栄基がその事実を知らされたのは、亘輝が一歳になった頃だった。彼女の望みは「自分に何かあった場合には、息子を引き取って養育してほしい」というもので、亘輝は七歳になるまで花宮家と接触を持たずに母親と二人で暮らしていたという。

「彼女が突然交通事故で亡くなって、他に親族がいなかった兄さんがうちで暮らすことになったんだけど、俺はそれまで兄がいるという事実をまったく知らなかったから、青天の霹靂《へきれき》だったな。兄さんは能楽をやりたいという意思を示したものの、その時点で七歳で、二歳からやってる俺とは実力で大きな開きがあった」

その後、地道に修行を積んでプロの能楽師となった亘輝だが、やっている仕事は地謡やツレ、トモが主で、シテを務めた経験はほとんどないという。理央は手の中にグラスを包み込み、小さく言った。

「……そうだったんだ」

「でも、兄さんとの仲は悪くない。あのとおり穏やかな人だし、俺を次期宗家として立ててくれてるから」

思いがけない人間関係を明かされて、理央は神妙な気持ちになる。そんな様子を見つめ、湊士が「それより」と言った。

「俺の話はともかく、理央の話を聞かせてほしいんだけど」

「えっ、わたし？」

「大学を卒業する目前に、父親の会社が倒産したって言ってただろ。いろいろ大変だったんじゃないのか」

理央はウニと牛肉のタルタルを口に入れ、嚥下《えんげ》して答える。

「うん。屋敷が差し押さえの対象になって、裁判所から通知書が届いたって母から聞いたときは、まだリアルじゃなかった。でも裁判所の執行官が家の様子を見に来て、最低入札価格や入札日が決定したあとに、退去することになったの」

住み慣れた屋敷を出ていくときは、ひどく惨めな気持ちになった。

何もなければ大学卒業後に花嫁修業をし、しかるべき家柄の男性と見合いをして結婚するものだと考えていた理央は、卒業を目前にして急遽就職先を探すことになった。

「何社か面接を受けて落ちて、やっと空調システムの会社の営業事務として採用されたときは、すごくホッとした。それから七年間勤めたけど、最初は失敗ばかりだったよ。でも、わたしは自分の食《く》い扶持《ぶち》を自分で稼がなきゃいけないし、必死だった」

大きな邸宅で家政婦がいるような家庭に育ち、社長令嬢としてお嬢さま大学に通っていた理央にとって、古びたアパートで暮らすことは最初ひどく苦痛だった。

だが必要に迫られて自炊し、自分の身の回りのことを否応なしにするようになって、次第にそうした〝普通の暮らし〟に慣れていった。

「七年も経ったらだいぶ図太くなって、ポンポン人に言い返せるようになったから、性格も変わったんだと思う。でも、お給料をやりくりして服を買ったり、週一で飲みに行ったりするようなささやかな余裕ができてきて、現状には満足してたよ。そんなときに突然会社が倒産したから、本当にびっくりした」

するとこちらの話を興味深そうに聞いていた湊士が、ふいに口を挟む。

「――恋人は?」

「えっ?」

「理央を捨てた男とは、一体どこで知り合ったんだ?」

唐突に元彼のことを聞かれ、理央はどぎまぎして答える。

「ご、合コンで知り合った相手なの。電機メーカー勤務で、二年くらいつきあったかな。でもだんだんお金にルーズになって、会ってもどこに出掛けるわけでもなく家でダラダラしてたから、だいぶマンネリ化してた」

それでも別れられなかったのは、相手に対して情があったからだ。

年齢的にも、「これを逃したら、婚期がだいぶ遅くなってしまうかもしれない」という危機感があり、彼に対する不満にあえて蓋《ふた》をしていたように思う。

そう過去の自分を思い返し、理央は努めて明るく言った。

「でも彼と別れたことで、〝偽装〟とはいえ湊士さんみたいな人と結婚できたんだから、御の字だよね。披露宴に呼んだ友達は『伝統芸能の御曹司なんて、一体どうやって知り合ったの?』ってうらやましがってて、ある意味人生の箔がついたって言ってもいいのかも。離婚したあとはいつ結婚するかわからないけど、今の生活で培った知識やマナーを生かせたらいいなって考えてる」

それを聞いた彼がじっとこちらを見つめてきて、端整な顔にドキリとした理央は、小さく問いかける。

「えっと、何？」

「いや。理央を捨てるなんて、その男も勿体《もったい》ないことしたなって思って」

「えー、お世辞でもうれしい。ありがとう」

「別にお世辞じゃない。容姿がきれいなのはもちろんだけど、理央は俺の家族の愚痴を言わないだろ。本当の夫婦じゃなく〝偽装〟の関係なんだから、ムカついたこととか別に気にせず言ってくれても構わないのに、絶対に口に出さない。俺の妻としての役割を真面目にコツコツこなしてて、そういう部分に育ちのよさとか性格のよさを感じて、いい女だなと思う」

思いがけず湊士に褒めてもらえ、理央は噴き出して言った。

「だって対価をもらってるんだから、いわば〝仕事〟でしょ？　湊士さんがそういうふうに思ってくれてるだけで、多少嫌なことがあっても頑張れるよ。久しぶりに飲みに来れて、うれしかったし」

二時間ほどで会計し、店を出たのは、午後七時半だった。雑多な匂いのする生ぬるい夜風が吹き抜け、スカートを揺らす。理央はスマートフォンの電話帳をスクロールしながら、彼に問いかけた。

「このあと、どこに飲みに行く？　日比谷《ひびや》駅のところにいいバーがあるし、神保町《じんぼうちょう》にも……」

行きたい店がありすぎて、迷ってしまう。

そう思いながら視線を上げると、ふと湊士と目が合った。こちらを見下ろした彼はおもむろに顔に着けていたマスクを外し、身を屈めるようにして顔を近づけてくる。

きょとんとしてそれを見つめていた理央は、唇が触れる寸前に自分がキスをされようとしていることに気づき、慌てて彼の口元を手で押さえて問《と》い質《ただ》した。

「ちょっ、何やってるの」

「何って、キス」

「ふざけないで。何でいきなり、そんなこと……」

言い返そうとした瞬間、湊士に手のひらをペロリと舐《な》められ、理央は「ひゃっ」と声を上げて飛び上がる。

急いで手を引っ込めたものの、濡れて柔らかい舌の感触は鮮烈だった。心臓がバクバクし、わずかに彼と距離を取りながら、理央は早口で告げる。

「も、もう酔ってるなら、バーに行くのはやめて帰ろう？　今タクシーを――……」

「思いっきり素面《しらふ》だ。地方公演に行くたびに支援者にしこたま飲まされるんだから、あの程度の量じゃ全然酔わない」

彼の意図がわからず、理央は混乱する。

自分たちは表向きは夫婦だが、内実を伴わない〝偽装〟のはずだ。先ほどの会話の中でそれを再確認していたのに、いきなりキスしようとするのは道理に合わない。

そんなことを考える理央を見つめ、湊士が言葉を続けた。

「今の俺たちの関係が〝偽装〟で、期間限定のものだというのはわかってるよ。最初にそう約束したし」

「だったら――」

「でも二ヵ月間夫婦として暮らすうち、俺は理央のいろいろな部分に心惹かれた。真面目で一生懸命な反面、あっけらかんとして苦労を表に出さないところや、いつもニコニコしているところは美点だと思うし、素のざっくばらんな性格もさっぱりしてていい。これまでまったく知識がなかった能楽についても、理解しようと努力してくれてる」

「それは……」

それは〝妻〟としての、最低限の務めだと思うからだ。

たとえ偽装であれ、結婚した以上は夫のお荷物にはなりたくない。特殊な家系に嫁いだために覚えることが多いが、仕方がないのだと割りきっている。

夜風が足元を吹き抜ける中、往来の灯《あか》りに照らされながら彼が言った。

「確かに最初の約束はあるが、俺は理央を女として意識してる。だから試してみないか」

「た、試すって、何を？」

「セックス」

あからさまな単語を出され、理央の頭にかあっと血が上る。

これ以上ないほどに混乱しながら、くるりと踵を返してぎこちなく告げた。

「そ、湊士さん、やっぱり酔ってるよね？　もう帰って寝たほうがいいよ。さーて、タクシーはどこかなー」

「まあ、待て」

むんずと肩をつかまれて、理央は「ひっ」と声を漏らす。するとそれを聞いた湊士が、呆れた顔で言った。

「そんなにビビるな、無理やりしようってんじゃないんだから。偽装結婚は続ける前提で、理央に渡す報酬にも変わりはない。ただ、新たな可能性の模索をしてもいいんじゃないかと思うんだ」

「何、新たな可能性って」

「俺と理央が、恋愛できるかどうか。せっかく縁あって入籍したんだから、前向きな考えだろ」

ニヤリと笑う彼は気負いも何もなく、至って飄々《ひょうひょう》としている。

理央は思わず顔をしかめ、肩をつかんでいる手を振り解きながらにべもなく答えた。

「やだよ、湊士さんと恋愛なんて。絶対疲れるもん」

「何に疲れるんだ？」

「だって間違いなく、女性関係が派手でしょ。そんなのに引っかかってやきもきするなんて、嫌だし。だから却下」

これだけの容姿で、蠱惑的な雰囲気を持つ男だ。

きっとあちこちの女と浮名を流すのが日常茶飯事で、色事にかけては百戦錬磨に違いない。理央はそう考えていたものの、湊士はあっさり意外なことを言った。

「残念ながら、そんな暇はない。最後に女と別れたのは、三年前だったかな」

「えっ」

「下手に手を出すと、周囲がうるさいんだ。俺も仕事に集中したい時期だったし」

理央は驚き、彼をまじまじと見つめてつぶやいた。

「でも、わたしに初めて声をかけてきたときみたいに、飲んだついでに親しくなるとかあるんじゃない?」

「東京では一人で飲みに行くこと自体が少なくて、あの日はたまたまだ。地方では支援者とのつきあいで手一杯だから、女を口説けるような状況じゃない。まあ、それでもその気ある奴はそうするんだろうけど、俺の場合はないな」

にわかには信じられず、理央は疑惑の眼差《まなざ》しを湊士に向ける。それをきれいに受け流し、彼がチラリと笑って問いかけてきた。

「――で、どうする?」

「それは……」

端整な顔でそんなことを言われると、理央の理性がグラグラと揺れる。

酔った勢いで入籍した相手だが、湊士の印象は決して悪くはない。これまで同じベッドで眠っていて、手を出す機会はたくさんあったにもかかわらず、彼はこちらの気持ちを無視した行動に及ばなかった。今もこうして伺いを立てているのだから、誠実だといえるだろう。

(でも……)

もし身体の関係を持って、うっかり湊士を好きになってしまったら、別れるときにつらくなるのではないか。そんな迷いがこみ上げ、理央はグルグルと考える。

(ん? 要するに〝お試し〟で悪くなければ、離婚せずにそのまま結婚生活を続けるってこと? でももしわたしのほうが湊士さんを好きになって、でも彼のほうはそうでもなくて「予定どおりに別れよう」って言われたら、それが一番地獄じゃない?)

そうした事態になるリスクを考えれば、最初から〝偽装〟に徹するのが無難ではないのか。

そんな消極的な方向に気持ちが傾きかけた瞬間、彼がふいに言う。

「――はい、時間切れ」

「えっ」

「とりあえず、キスさせろ」

そう言ってグイッと腕を引かれ、身体が勢いよく前につんのめる。

湊士の大きな手で顎をつかまれ、理央は彼に口づけられていた。

「ん……っ」

口腔《こうくう》に押し入ってきた舌はわずかにビールの香りがして、ぬるりとした感触に体温が上がった。

ゆるゆると絡ませる動きは激しくないのに官能を煽《あお》り、理央の身体がじわりと熱を持つ。往来でこんなことをされているのが恥ずかしく、貪られながら必死に湊士の二の腕をつかんだ。

唇を離されたタイミングで、理央は息を乱しながら言った。

「こんなところで、馬鹿じゃないの？　もしファンの人とかに見られたら……っ」

「今日はここまでそういう気配は一切なかったから、大丈夫だろ」

濡れた唇をペロリと舐めるしぐさが壮絶に色っぽく、間近でそれを目の当たりにした理央は恥ずかしさをおぼえる。彼が機嫌のよさそうな顔で言った。

「で、その気になったか？」

「……っ」

湊士のキスは心地よく、一気に性感を高められたのは否定できなかった。

簡単にその気にさせられるのは嫌なのに、拒めない。しかし素直に頷くのはプライドが許さず、彼から視線をそらしつつ精一杯何気ない口調で答えた。

「まあ、……一度くらいは試してもいい、かも」

「…………」

こちらをじっと見つめた湊士が小さく噴き出すのがわかり、みるみる羞恥が募る。理央は急いで前言を撤回した。

「ごめん、やっぱりやめる。そうやって笑われるの、気分悪いし」

「いや、悪かった。理央の言い方が可愛くて、つい」

まるで機嫌を取るように大きな手で頬を撫でられ、理央はぐっと言葉に詰まる。

彼に一気に距離を詰められて、どんな顔をしていいかわからなかった。ジャケットの胸ポケットからスマートフォンを取り出した湊士が、「じゃあ、ちょっと待ってて」と言って何かを検索し始める。

手持ち無沙汰になった理央は目を伏せて地面を見つめ、落ち着かない気持ちを持て余した。躊躇いは強くあるのに彼を拒絶できないのは、自分の中に湊士への好意が明確にあるからだろうか。

(どうしよう、やっぱりやめたほうがいいんじゃないかな。わたしたちは、〝偽装〟の関係なのにビジネスではない繋《つな》がりを持ってしまったら、いずれ後悔するかもしれない。

そんなことを考えているうちに、彼が顔を上げる。そしてこちらを見下ろして言った。

「急だから星付きのホテルっていうわけにはいかないけど、それなりのシティホテルが取れた。移動しよう」

第五章

理央の手をつかんだ湊士が往来を歩き出し、やがて手を挙げてタクシーを停める。

後部座席に乗り込んだ彼が丸の内《まるのうち》にあるホテルの名前を告げ、車が緩やかに走り始めた。理央は緊張しながら、隣に座る湊士に問いかける。

「ねえ、お屋敷には帰らないの？　丸の内って……」

「最初なんだから、一応形にはこだわりたいだろ」

そういうものだろうか。

十分ほど走って到着したのは、都会的な外観の高層ビルだった。上層階がホテルフロアになっており、二十七階にあるフロントでチェックインする。

スタッフに案内されたのは、最上階にある一室だった。開放感のある眺めが特徴で、大きな二面窓からは都心のきらびやかな夜景が見える。クールでモダンな内装はセンスがよく、ゆったりとした広さは三十五平米もあるらしい。

理央が感心して眺めていると、湊士が脱いだジャケットを椅子に掛けながら言う。

「先にシャワー使うか？」

「あ、ありがとう」

ぎこちなくバスルームに入りつつ、理央はじわじわと募る緊張感を押し殺す。

もうここまで来たら、逃げられない。そもそもキスをされたときにその気になってしまったのは否めず、優柔不断な自分を心の中で叱咤する。

(自分で了承したんだから、いつまでも及び腰でいるのはやめよう。湊士さんは勢いで誘ってきてるんじゃなくて、わたしの内面に惹かれたって言ってくれてるんだし)

スポンジで身体を洗い、バスローブを着込む。部屋に戻ると湊士が一人掛け椅子から立ち上がり、手に持っていたミネラルウォーターのボトルをこちらに差し出して言った。

「飲むか？」

「あっ、うん」

「ちょっと待ってて」

頭をポンと叩いて去っていくしぐさは甘く、理央は面映《おもは》ゆさを噛《か》みしめる。

渡された水を飲みながら、窓辺に立ってきらめく夜景を眺めた。生まれたときから東京に住んでいるのに、こうして夜景を眺める機会はほとんどなく、思わず見入ってしまう。

やがて湊士が戻ってきて、理央は窓ガラスに映るその姿を見てドキリとした。彼がこちらに歩み寄ってくるのを見ながら振り向き、意を決して告げる。

「じゃあ、早速しようか」

「しようか、って……」

湊士が唖然としたように眉を上げ、盛大に噴き出す。

「色気がないな。スポーツじゃあるまいし、もっとムードを出そうとか思わないのか」

「だって……」

臆していると思われたくなくて、あえてそう言ったのだと説明すると、彼は楽しそうな顔で言う。

「理央はいちいち行動が予想外だよな。普通お嬢さま育ちなら、もっと奥ゆかしかったりするものだろ」

「お嬢さまって言っても、〝元〟だから」

「まあ、そういうところが可愛いんだけど」

腰を引き寄せられ、上から覆い被さるように唇を塞《ふさ》がれる。

湊士の舌が絡んできて、理央はその感触に陶然とした。こうして抱き寄せられると、彼の身体の大きさや自分より高い身長にドキドキする。

「う……っ、ん……っ……」

ざらつく表面を擦り合わせ、軽く吸われる。

思いきって自分から絡ませてみると、より強く吸われ、次第にキスが濃厚になった。唇を離されたかと思うと角度を変えて再び塞がれて、いつまでもキスが終わらない。

やがてどれくらいの時間が経ったのか、ようやく解放されたときには呼吸が乱れていた。力が抜けた理央の身体を抱き留め、こめかみの辺りに口づけた湊士が、耳元でささやく。

「ベッドに行くか？」

「……うん」

手を引いて誘《いざな》われ、クイーンサイズのベッドにゆっくり押し倒される。

ベッドサイドのランプの淡い光に浮かび上がる彼は、少し緩んだバスローブの合わせから覗く首筋と胸元に滴《したた》るような色気があった。

目元にわずかに乱れ掛かる黒髪や怜悧《れいり》に整った顔に胸が高鳴り、理央は自分から湊士の顔を引き寄せて口づける。するとキスに応えながら彼の手が胸元に触れ、バスローブの上からゆっくりふくらみを揉《も》みしだいてきた。腰紐を解かれ、あらわになった胸の谷間に、湊士が唇を這《は》わせる。

「あ……」

かすかな吐息に肌が粟立《あわだ》ち、理央は落ち着かず足先を動かす。

ブラ越しにやわやわとふくらみを揉み、先端部分に触れられた途端、そこがきゅっと勃《た》ち上がるのがわかった。かすかな息が漏れ、それに気づいた彼がそこを執拗《しつよう》に刺激してくる。

「ん……っ」

ブラ越しの刺激がもどかしく、理央の中で次第にやるせなさが募る。

直接触れてほしい——そう思った瞬間、湊士がカップをずらしてふくらみをあらわにした。そして既に硬くなっている先端に、吸いついてくる。

「うっ……ん、……は……っ」

ピンと尖《とが》ったそこはひどく敏感で、温かくぬるついた舌の感触にじんとした愉悦をおぼえる。舌先で乳暈《にゅううん》をなぞり、先端を舐め上げる動きにむず痒《がゆ》い感覚が皮膚の下から湧き起こってきて、理央は身をよじった。すると強く吸い上げられ、思わず高い声が出る。

「あっ……！」

視線を向けると自分の胸元に顔を伏せる彼の秀麗な顔があって、理央はドキリとした。湊士が尖りを舐めながらこちらを見つめてきて、その瞳ににじむ欲情に身体の奥が疼《うず》く。

「……っ」

普段はとても涼やかな顔をしている彼がそんな目をするのが意外で、呑まれたように動けなくなる。湊士がこちらを見つめたまま胸の先端に軽く歯を立ててきて、ツキリとした疼痛《とうつう》に理央は小さく呻《うめ》いた。

「んっ……」

舐めたり吸ったりしながらもう片方を指で弄《いじ》られ、呼吸が乱れていく。

やがて彼が理央のバスローブの腰紐を解いて、合わせを開いた。背中に腕を回してホックを外し、ブラも取り去られると、一気に無防備になった気がして所在なく膝を擦り合わせる。

「きれいだな、理央の身体。すんなり細くて、肌も白くてすべすべだし」

大きな手のひらで胸からウエストを撫でられ、理央は息を詰める。

薄闇の中とはいえ、自分の身体を湊士に見られていると思うと、恥ずかしさが募った。彼が身を屈め、首筋に唇を這わせながら胸に触れてくる。その重みを受け止めつつ、理央は考えた。

（どうしよう、わたし……）

まだ胸くらいしか触れられていないのに秘所が濡れているのを感じ、身の置き所のない気持ちを味わう。

こんなに感じてしまっている自分を、湊士は笑うだろうか。そんなことを考えているうちに彼の手が太ももを撫で、下着越しに脚の間に触れた。理央が身体をこわばらせた途端、湊士がため息のような声で言う。

「もう熱くなってる。……可愛い」

その声にはこちらを笑うような気配は微塵もなく、いとおしさがにじんでいて、理央の心に安堵がこみ上げる。

クロッチの横から指を入れられ、直接花弁に触れられると、ぬるりと指が滑る感じがした。それと同時に濡れた音がかすかに響き、一気に体温が上がる。

愛液を纏わせた彼の指が、割れ目を行き来した。敏感な尖りを押し潰された瞬間、大きく腰が跳ねる。指先でくすぐる動きを止めないまま湊士が唇を塞いできて、理央はそれを受け止めた。

「んっ……ふっ、……ぅ……っ」

最初のときも思ったが、彼はキスが上手い。

強引さはなく、緩やかな動きであるものの、舌の絡ませ方が腰が溶けそうなほどに甘く、理央はくぐもった声を漏らす。そうするうちに湊士の指先が蜜口《みつくち》を捉《とら》え、浅くめり込んできた。にわかに焦りの感情がこみ上げ、ビクッと腰を揺らした理央は、小さく「待って」と訴えた。

「ん？」

「そ、湊士さんも脱いで……」

すると彼はこちらを見つめ、ニヤリと笑う。

「へえ、ヤる気満々だな。そんなに俺の身体が見たいか」

「なっ、そんなんじゃ……っ」

「冗談だ」

上体を起こしてバスローブの腰紐を解く湊士を前に、理央はふと「もしかして、今の軽口は緊張を解そうとしてくれたのかな」と考える。

バサリと思いきりよく脱ぎ捨てた途端、しなやかに引き締まった上半身があらわになって、理央は驚きに目を見開いた。広い肩幅と実用的な筋肉がついた腕、厚みのある胸と無駄のない腹部は惚れ惚れするほど男らしく、思わず腕を伸ばして触れながら言う。

「すごい、アスリートみたいな身体。鍛えたりしてるの？」

「いや、全然。能楽の舞って動き自体はゆっくりなんだけど、姿勢をキープするのにものすごく体力を使うんだ。〝居グセ〟といって、地謡が曲《クセ》を謡うときにシテが舞わずに座ったまま演技をするときは、姿勢がブレずにいるために全身のエネルギーを凝縮しなければならない。たぶんそういう動きの積み重ねで、鍛えられてる」

湊士いわく、シテ方の演者の装束は重いものだと二十キロにもなり、それを着て長時間の舞を披露する際、たとえ表面上はゆっくりした動きでも実際は面の中に汗が溜まるほど激しい動きをしているらしい。心拍数は大幅に上昇し、全力疾走しているといっていい状態だという。

（すごい。……能楽師って、そんなにハードな仕事なんだ）

彼の皮膚はなめした革のような感触で、その下に硬い筋肉があり、理央はそれを撫で回す。臍下《へそした》のボクサーパンツの前が大きく盛り上がっていて、湊士がこちらに欲情しているのが伝わってきた。小さく生唾を飲み込んだ理央は、腹部に触れていた手をそろそろと下におろしていく。

下着越しに昂《たか》ぶりに触れると、硬く漲《みなぎ》っているのを強く感じ、胸がドキドキした。やんわり握り込む動きをする理央に、彼が言う。

「触ってくれるなら、直《じか》のほうがいいかな」

「えっ」

「脱がせて」

余裕のある表情で大胆な提案をされ、負けん気を刺激された理央は、思いきって彼の下着を下ろす。すするとすっかり兆《きざ》した剛直が現れて、卑猥《ひわい》なその形に頬が熱くなった。両手で握り込むと、充実した幹がじんとした熱を伝えてくる。先端の丸みやそこに入った切れ込み、表面に浮いた太い血管などをつぶさに感じながら、理央は湊士の昂ぶりをゆっくりしごいた。

「……は……っ」

彼が心地よさそうな息を漏らし、その色っぽさにクラクラする。

理央に自身を愛撫《あいぶ》させながら、湊士が上に覆い被さってきた。そして首から鎖骨に唇を這わせつつ、再び花弁に触れてくる。

「あっ……！」

彼の指がゆっくり中に挿入《はい》ってきて、理央はビクッと身体を震わせた。

内襞《うちひだ》を掻《か》き分けながら中ほどまで埋めた指を、彼が緩やかに抽送《ちゅうそう》してくる。途端に粘度のある水音が響き、それが嫌で脚を閉じようとするものの、湊士の身体が邪魔でままならない。

彼がこちらの耳元でささやいた。

「すげー濡れてる。……もっと中に挿れるぞ」

「んぁ……っ」

指が根元まで埋まり、最奥をぐっと押し上げられる。

すると肌が粟立つほどの快感がこみ上げて、思わず「あっ！」と高い声が出た。湊士が指を増やして抽送を始め、理央は内壁を擦られる感触に甘い声を止められなくなる。

気がつけば彼の屹立《きつりつ》を握る力が緩んでいて、ただ喘《あえ》ぐだけになっていた。やがて指を引き抜かれ、下着を脱がされて、理央は緩慢なしぐさで湊士に視線を向ける。

身体を起こした彼は避妊具を取り出し、自身に装着しているところだった。

それを見た瞬間、にわかに気恥ずかしさが募って、理央は所在なく脚を閉じる。

（……避妊具なんて、持ち歩いてるんだ。今まで使うシーンがあったのかな）

ふいにそんな考えが頭をかすめ、理央はモヤモヤした気持ちを味わう。

いい大人なのだから、そういうのは気にするだけ野暮なのかもしれない。だがこれだけの容姿を持つ湊士にずっと恋人がいなかったというのは、はっきり言って信じがたい話だ。現に彼はひどく女慣れした雰囲気を醸し出していて、キスの仕方もスマートだった。

そんなことを考えているうち、ふいに湊士が理央の膝をつかみ、脚の間に身体を割り込ませてくる。そして花弁にひたりと剛直を当て、そのまま割れ目を行き来させられて、ずっしりとした重みに頭が煮えそうになった。

「は……っ」

愛液を纏ったもので秘所を擦られるうち、理央の呼吸が荒くなっていく。早く欲しい気持ちと、受け入れるのを躊躇う気持ちがせめぎ合い、自分でもどうしたらいいのかわからなかった。

やがて切っ先が蜜口を捉え、ぐぐっと中に押し入ってくる。

「うぅっ……」

圧倒的な質量に、思わず呻き声が漏れる。

埋められていくものは硬く太く、こういう行為は久しぶりなだけに少し窮屈さを感じた。何度か揺らしながら根元まで挿入した湊士が、動きを止める。

互いの腰がぴったりと合わさり、体内でドクドクと息づくものに浅い呼吸をする理央を見下ろして、彼が問いかけてきた。

「だいぶきついけど、苦しいか？」

「……っ、平気……」

「動くぞ」

緩やかに律動を開始され、理央は小さく声を上げる。

柔襞を擦りながら腰を引かれ、すぐにまた奥まで貫かれて、内臓がせり上がるような圧迫感をおぼえた。苦しく感じたのは最初だけで、すぐににじみ出た愛液で湊士の動きがスムーズになる。

内壁が震えながら剛直を締めつけ、襞がゾロリと幹を舐めて、その感触に快感をおぼえたのか、彼が熱い息を吐いて言った。

「あー、すっごい。……狭いな、中」

「んぁっ……！」

徐々に律動を速められ、理央は夢中で目の前の湊士の腕をつかむ。

屹立の先端がときおりいいところを掠め、甘ったるい愉悦がこみ上げていた。

「あっ……はぁっ……あ……っ」

揺らされながら視線を上げると、熱を孕《はら》んだ彼の眼差しに合い、胸がきゅうっとする。

今の自分たちの関係は夫婦とはいえ〝偽装〟で、恋人同士ではないにもかかわらず、湊士の瞳にはこちらへの恋情がにじんでいるように見えた。触れる手は優しく気遣いがあって、不快感は一切ない。

（わたし……）

――信じていいのだろうか。彼の言葉がすべて真実で、自分に好意を抱いているのが本当だと、受け止めていいのだろうか。

理央が腕を伸ばすと彼が身を屈めてきて、その首に強くしがみつく。すると湊士はこちらの身体を片腕で抱きしめながら、より深く腰を入れてきた。

「あ……っ」

入り口がピリッと痛むほど深く剛直をねじ込まれて、理央は喘ぐ。彼がこちらの目元に口づけ、吐息交じりの声で言った。

「やばいくらいに、気持ちいい。……すぐ達《い》きそう」

「……っ」

「声も反応も可愛くて、たまんない。こんなことなら、もっと早く抱けばよかったな」

間近で見る湊士の顔は端整で、額にうっすら汗をかいている。

それは自分の身体で快感を得ている証で、理央は思わず体内にいる彼をきゅうっと締めつけてしまった。すると湊士がぐっと息を詰め、唸《うな》るように言う。

「……っ、ちょっと締めすぎだ。優しくしたいのに、できなくなるだろ」

「あ……っ！」

理央の膝裏をつかみ、シーツに押し当てながら、彼が激しく腰を打ちつけてくる。

その動きは飢えたように容赦なく、理央は繰り返し突き入れられるものの大きさに眩暈《めまい》がするような愉悦を味わった。溢《あふ》れ出た愛液で接合部はぬかるんでいて、どんな動きをされてもたやすく根元まで受け入れてしまう。

柔襞が断続的に震えながら剛直に絡みつき、その太さや硬さをつぶさに伝えてきた。嵐のような快感に翻弄《ほんろう》されながら、理央は必死に湊士の名を呼んだ。

「あ……っ……湊士、さん……」

「ん？」

「わたし、もう……っ」

ビクビクとわななく中の動きで限界が近いのを悟ったのか、彼がうっすら笑ってささやく。

「いいよ。──達け」

「あっ……！」

屹立を根元まで深くのみ込まされ、一番感じる部分を的確に抉《えぐ》られて、理央は声を上げて達する。

頭が真っ白になるほどの快感が弾《はじ》け、ビクッと大きく跳ねた身体がゆっくりと弛緩していった。

心臓が早鐘のごとく鳴り、呼吸もままならない。そんな理央を見下ろし、きつい締めつけをやり過ごした湊士が、抑えた声音で言う。

「……ごめん、もう少しつきあってくれ」

「あっ、あっ」

達したばかりの敏感な内壁を擦り、何度も奥を突き上げられる。

腰が浮くほど抱え上げ、切っ先で子宮口を抉るようにする動きは強烈で、再び快感を呼び起こされた理央は身も世もなく喘いだ。自分の中を行き来する楔《くさび》のことしか考えられなくなり、切れ切れに声を漏らすと、彼の動きが激しくなっていく。

「ぁっ……はぁっ……ん……っ……あ……っ！」

何度も最奥を突かれ、そのたびに隘路《あいろ》がわななきながら屹立を締めつける。

やがて彼が息を詰め、深いところで熱を放ったのがわかった。薄い膜越しに射精されるのを感じながら理央も再び達し、ぐったりと脱力する。

「はぁっ……」

気がつけば互いに汗だくになっていて、室内に荒い息遣いが響いた。

湊士が腕を伸ばしてこちらの頬に触れ、乱れた髪を払ったあと、唇を塞いでくる。

「ん……っ」

熱っぽい舌を絡めながらするキスは甘く、行為の余韻を味わうかのようなゆるゆるとした動きに陶然とした。

唇を離した彼が、まだ呼吸が整わない理央の体内から慎重に自身を引き抜く。そしてティッシュで後始末をしたあと、こちらの身体を抱き込んでベッドに横たわった。

（……触ってみると、すごく硬い。湊士さんってパッと見は細身なのに、着痩せするんだな）

上に覆い被さられると想像以上に重く、湊士の身体が筋肉質なのがわかる。ペタペタと胸の辺りに触れる理央を見つめ、彼が笑って問いかけてきた。

「――で、どうだった？」

「どうって、何が？」

「俺とヤった感想。『一回くらいなら、試してもいい』って言ってただろ」

確かにそんなことを言った覚えがあるが、実際に湊士と抱き合ってみると、かなり相性がいいのがわかった。

彼の触れ方に自己中心的なところはなく、嫌悪感もない。むしろときおり漏らす吐息や熱っぽい眼差し、滴るような色気にぐっと心をつかまれ、最初から最後まで感じさせられたひとときだった。

だがそれを素直に伝えるのは何となくプライドが許さず、理央は顔を伏せてモゴモゴと答える。

「……別に、悪くはなかったよ。優しくしてくれたし」

「俺はすげーよかったけどな。理央の身体はきれいだし、感じやすくて声も可愛い。途中でうっかり達きそうになるのを、何度も我慢してた」

髪を弄《もてあそ》びながらストレートな言葉で褒められ、理央の頬が熱くなる。

自分より格段に余裕があるように見えた湊士だが、実はそうではなかったのだと聞き、ときめきをおぼえていた。彼がこちらの頬を撫で、言葉を続ける。

「だから改めて言いたい。俺の本当の恋人になってくれないか？」

湊士の提案に驚き、理央は顔を上げて彼を見る。

「本当のって……つまり、偽装じゃない夫婦になるってこと？」

「ああ」

それを聞いた理央の心に、躊躇いがこみ上げる。

そもそも湊士と入籍したのは酔った勢いで、気がついたときには後戻りできない状況になっていた。報酬は月額五十万、性行為はなし、一年で離婚し、その際は退職金を支払うという約束のもとで〝花宮湊士の妻〟という役割を演じていたものの、それがこの先もずっとということになると、話は変わってくる。

（こんなふうに流されるようにして、人生に関わる大きな決断をしていいのかな？　気がついたら入籍したあとだったし、期間限定だっていうから〝偽装結婚〟を受け入れてもいいって思えた。でも、それが一生となると……）

そこまでの覚悟が決まっていない理央は、「……あの」と言って彼を見る。

「今の段階では……はっきり返事ができない。だって『この先もずっと湊士さんといたい』って思えるほどあなたのことを知らないし、一年限定だって思ってたから、家のことを頑張れていた部分もあるの。でも、それが何十年も続くって考えたら……」

「――……」

湊士が目を見開いてこちらを見つめ、互いの間に沈黙が満ちる。

抱き合った余韻も冷めやらない状況でこんなふうに答える自分は、ひょっとして薄情だろうか――ふとそんなふうに考え、理央は慌てて口を開く。

「べ、別に湊士さんのことが嫌いなわけじゃないの。でも……っ」

「わかってる。確かに理央にとっては一生のことで、そんなにすぐに決断できないのは当然だ。俺の言い方が軽かった、ごめん」

彼が謝り、その顔を見た理央は何ともいえない気持ちを噛みしめる。湊士が理央の頬を撫で、「でも」と続けた。

「さっき言った俺の気持ちに、嘘はない。理央を一人の女性として好きだし、この先の人生を夫婦として一緒に暮らしていきたいと思ってる」

「………」

「でも理央の気持ちがそこまでに達してなくて、急に『偽装じゃない関係になろう』って言われて戸惑うのは当たり前だ。だから時間がほしい」

「時間？」

「ああ。本来なら結婚前に持つべきだった恋愛期間の、やり直しをさせてくれないか」

彼のそんな申し出に、理央はしどろもどろに答える。

「それは……」

「俺たちは熱烈な恋に落ちて結婚したことになってるから、周囲の目は気にしなくてもいい。これから二人の時間を作るから、恋人らしいことをいろいろしよう」

〝恋人らしい〟という響きに、理央はじんわりと面映ゆさをおぼえる。

今日のデートのような時間を、湊士と過ごす――それは何かと気苦労の多い花宮家の生活の中で、心躍る提案だった。だが先ほど拒んだために手放しでは喜べず、視線をそらしてモソモソと言う。

「そ、そういうことなら……別にいいけど」

それを聞いた彼が、ニヤリと笑ってこちらを見る。

「よかった。まあ、理央が俺を好きになるのにそんなに時間はかからないと思うから、覚悟してろよ」

「ちょっと、自信ありすぎじゃない？　わたし、そんな簡単な女じゃないんだけど」

湊士の態度にカチンときた理央は、思わず言い返す。すると彼はこちらを見下ろし、さらりと言った。

「努力するのは、昔から得意なんだ。とりあえず時間もあることだし、もう一回しておくか」

「な、何でそうなるの」

話が思わぬ方向に転がり、理央が慌てて問い返すと、湊士が事も無げに答える。

「さっき理央がシャワーを浴びてるとき、母さんに『今日は二人で外に泊まる』って連絡しておいたんだ。仕事があるから明日の朝八時くらいまでに屋敷に帰らなきゃいけないけど、まだ時間はたっぷりある」

「そんな……」

二人で外泊などしたら、何をしているか義両親に丸わかりだ。

そんなふうに考えて動揺する理央を、湊士がゆっくり押し倒してくる。そして色めいた眼差しで見下ろしながら、ニッコリ笑って言った。

「大人なんだから、まずは身体で親睦を深めるのもありだろう？　――つきあってくれ、〝奥さん〟」

＊＊＊

能楽とは〝能〟と〝狂言〟の総称で、ひとつの公演で一緒に上演されるが、表現するものがまったく違う。

狂言は主人公が〝生きている人間〟で、台詞中心のコメディ劇であり、素顔で登場するのがほとんどだ。一方の能の主人公は、主に現世に未練を残した〝死んだ人間〟が多く、舞台に立つときは顔に能面をかける。

人間の内面に深く切り込んで悲しみや苦しみにフォーカスを当て、抑えた動きでそれを表現するのは、至難の業だ。一見対照的に見える能と狂言は同じ舞台で交互に演じられ、その演目に奥行きを与えている。

演者が舞台で身に着ける面や装束、持ち物の組み合わせを〝出立《いでたち》〟といい、演者本人が公演ごとに自分でコーディネートするため、その日の湊士は能楽堂の装束部屋にいた。

予定している演目は〝葵上《あおいのうえ》〟で、シテとして舞台に上がる湊士は、金銀の箔を型押しした摺箔《すりはく》という白地の小袖を身に着け、上からもっとも豪華な能装束である唐織《からおり》を羽織る。装束を選びながら、ふと理央のことを考えた。

（今頃何をしてるかな。朝帰りしたから、気まずい思いをしてないといいけど）

――昨夜湊士は、理央を抱いた。

そもそもは結婚してから一度も休みらしい休みがない彼女を外に連れ出したのが発端で、映画やプラネタリウム、食事というデートをするうち、無邪気で明るい顔を見せる理央を「可愛い」と思った。

（思えば、最初に会ったときから心惹かれていたのかもしれないな。理央が俺の知ってる〝お嬢さま〟と、全然タイプが違ったから）

聞けば彼女の家は祖父の代から続く食品会社で、社長令嬢として数々の習い事をこなし、家政婦がいるような大きな邸宅で何不自由なく育ったというが、父の代で不景気のあおりを受けて倒産したという。

それから七年、社会人として揉まれた理央はいい意味でしたたかになり、令嬢らしい奥ゆかしさは失われたものの、さっぱりした性格が話していてとても新鮮だった。勤め先が倒産したり、つきあっていた相手に捨てられたりと不幸続きであるにもかかわらず、彼女に悲愴感《ひそうかん》はない。

かといって能天気なわけでもなく、花宮家の〝嫁〟という役割を一生懸命にこなそうとしていて、愚痴ひとつ零《こぼ》さなかった。

そんな様子を目の当たりにするうち、湊士は次第に理央に心惹かれている自分を感じていた。店を出たときに路肩でキスをしたのは、触れたい気持ちが高まったからだ。一度触れると歯止めが利かず、ホテルに連れ込んでしまったが、まったく後悔はしていない。

初めて抱いた理央の身体はほっそりとして美しく、甘い声や敏感な反応が劣情を煽った。二度目はより時間をかけて啼《な》かせ、気絶するように眠ってしまった彼女は、朝起きてなぜかムッとした顔をしていたものの、そんな表情すら可愛かった。

（やばいな、たった一夜でこんなに骨抜きにされるなんて。恋愛するのが久しぶりだからか）

昔から整った容姿で異性にもてていた湊士は、中学校時代からそれなりの人数とつきあった。

だが結婚してもおかしくない年齢になった二十代半ばから、こちらの家柄や資産に興味を持つ相手の下心が透けて見えるようになり、結婚話に口を挟みたがる関係者にも辟易して、湊士は意識して異性を遠ざけるようになった。

芸を磨きたいという思いが強かったため、「しばらくはそういうのはいい」という考えでいたものの、ワキ方の大御所である胤森に姪との見合いを打診されてすっかり参ってしまった。

彼女――胤森千穂との因縁については、理央に話したとおりだ。何とか見合い話を回避するべく、偽装結婚という手段に踏み切ったが、まさかその相手に惚れるとは思ってもみなかった。

(世間的には入籍してるから、今のところ理央を逃がす心配はない。問題は、いかに俺に惚れさせるかだ)

理央の前では自信満々に振る舞っていたが、初めての行為のあとに「俺の本当の恋人になってくれないか」と申し込んだ際、彼女が色よい返事をしなかったことは、密《ひそ》かに湊士にダメージを与えていた。

デートのときにあんなに楽しそうな顔をし、愛撫にも素直に感じていたのに、理央はすぐには決断できないという。恋愛期間を経ずに結婚してしまったため、彼女の言い分は筋が通っているが、抱き合ったことで一気に気持ちが高まった湊士にとって、そんな理央の躊躇いはひどくもどかしかった。

とはいえ表向きは物分かりがいいふうを装い、今日の朝八時に帰宅して、今に至る。午前中の湊士はこうして出立《いでたち》を決めに花宮流能楽堂に来ていて、午後は〝申し合わせ〟と呼ばれるリハーサルに参加することになっていた。

午前十一時、昼食を取りに一旦五反田の屋敷に戻ると、永津が出迎えてくれる。

「お疲れさまです、湊士さん。〝葵上〟の出立、結局何にしたんですか？」

「唐織は紅入《いろいり》で、紅白段替枝垂桜御所車《こうはくだんがわりしだれざくらごしょぐるま》にした。それよりお前、今日は父さんと稽古じゃなかったのか？」

彼は普段は湊士と行動を共にすることが多いものの、基本的には宗家である栄基の弟子であり、週に何度か稽古をつけてもらっている。すると永津が、残念そうに答えた。

「宗家は知り合いからお電話が入って、急遽お出掛けになられたんです。『お前は午後から、湊士の申し合わせに立ち会わせてもらいなさい』と言われたので、それまでお屋敷の掃除のお手伝いをしていました」

「そうか」

家政婦の吉野和江《よしのかずえ》に昼食の用意を頼み、湊士は一旦二階に上がる。

食事が出来上がるまでの三十分ほどのあいだ、書斎で仕事のメールチェックをしようと思っていたが、その途中で理央に会った。

「あっ、お、おかえりなさい」

「ただいま」

今日の彼女は、琉球絣《りゅうきゅうがすり》の上布の着物に横段模様《おうだんもよう》の名古屋帯《なごやおび》を合わせた、涼しげな着物姿だ。

こちらを見た瞬間にパッと顔を赤らめ、ぎこちなく視線をそらす様子は可愛らしく、湊士の中で触れたい気持ちが疼く。

周囲を見回すと誰もおらず、理央の腕をつかんだ湊士は、彼女を書斎に引っ張り込んだ。

「あ……っ」

花宮家の屋敷は、一階部分は純和風な造りであるものの、二階は板張りで生活しやすい和モダンな仕様になっている。

書斎は四畳半の広さで、壁面にしつらえられた本棚には能楽の資料が数多く並び、コンパクトなデスクとノートパソコンがあった。理央がこちらを見上げ、戸惑った顔で言う。

「そ、湊士さん、あの……」

「──機嫌、直ったか?」

「えっ」

「朝起きたときから、なぜかムッとした顔をしてただろ」

すると彼女はじわりと頬を赤らめ、モゴモゴと答える。

「それは……昨夜あんなにされて、こっちは声もかすれてくたくたなのに、湊士さんは涼しい顔をしてるから。何か急に恥ずかしくなって、まともに顔を見れなかったの」

理央は「でも」と続け、小さな声で言った。

「もし態度が悪く見えてたなら、ごめんなさい。別に被害者意識は持ってないし、昨夜のことはわたしが自分で決めてそういう流れになったから、嫌だったとかは思ってない」

素直に謝ってくる彼女に、湊士は好感を抱く。

何となく空気がぎくしゃくしたとき、事態を長びかせずに気持ちを言葉にしてくれるのは、つきあっていく上でとてもありがたいことだ。湊士は理央の腰を抱き寄せ、微笑んで言った。

「起き抜けで機嫌が悪いのかなとは思ったけど、そういう顔も可愛いから、全然許容範囲だ。俺のほうこそ、手加減できなくて悪かった」

密着した身体に気まずそうな表情をしているのが面白く、湊士は彼女の表情を愛《め》でながらささやく。

「それで、身体は平気か？」

「どこも痛くないし、平気。ちょっと疲れてるだけで」

理央がこちらの胸を押して距離を取ろうとしながら、控えめに訴えてくる。

「あの、誰か来るかもしれないから、離れて」

「誰も来ない。昼飯のときに、階下《した》に行くって言ってある」

「わ、わたしは早く戻らないと、お義母さんが」

見下ろした彼女の白い頬や長い睫毛《まつげ》、桜色の唇に劣情を煽られ、湊士は言う。

「理央。——キスしたい」

「……っ」

こうして身近に理央の体温を感じ、花のような匂いを嗅ぐと、昨夜抱き合ったときのことがまざまざとよみがえる。

彼女の身体や肌の感触、どんなふうに濡れて自分を受け入れたかまでを思い出し、もう一度触れたくてたまらなくなっていた。理央が何かを言いかけ、こちらを見上げる。湊士はそれを聞かず、彼女の唇を塞いだ。

「ん……っ」

小さな口腔に押し入り、舌先を舐める。

ゆるゆると絡ませ、少しずつ深くまで押し入っていくと、理央の舌が逃げるようなそぶりをした。側面をなぞり、ざらつく表面を擦り合わせ、軽く吸う。そうするうちに理央の抵抗が次第に弱まり、こちらの身体にもたれ掛かってきた。

「はぁっ……」

キスの合間に漏らすかすかな吐息すらいとおしく、湊士は再びその唇を塞ぐ。

目を開けると潤んだ眼差しに合い、見つめ合いながらするキスがより官能を高めていった。やがてどれだけ時間が経ったのか、ようやく唇を離したときには彼女は息を乱していた。うっすら涙がにじんだ目でこちらを見た理央が、恨みがましい表情で言う。

「もう、こんなところで……っ」

「ごめん。理央の顔を見たら、我慢できなくなった」

湊士は彼女の濡れた唇に触れ、甘くささやく。

「怒るなよ。お詫びといってはなんだが、今日の午後の申し合わせが終わったら、駅前のカフェに行こう」

「えっ？」

「短い時間でも家を出て、軽くお茶をするだけでも気晴らしになるだろ」

五反田は山手線《やまのて》と東急池上線《とうきゅういけがみ》、都営地下鉄浅草線《あさくさ》の三路線が通っていて、駅周辺にはオフィスビルや大型商業施設がひしめき、おしゃれなカフェも多い。

するとそれを聞いた理央がみるみる目を輝かせ、勢い込んで言う。

「いいの？」

「もちろん。あとで連絡するよ」

第六章

八月も後半に入ったものの、厳しい暑さは衰える様子を見せず、連日気温が高い日が続いている。

その日の午後、理央は銀座《ぎんざ》にいた。百貨店で茶会用の和菓子を買ってくるように由香子に申しつけられたからで、スマートフォンのメモを見ながら目的の店を探す。

(ええと、紅寿庵《こうじゅあん》さんと、吉上屋《よしがみや》……。あ、ここだ)

店を見つけた理央は、店員に必要な数を伝え、箱に詰めて包装してもらう。

そして無事に買い終えたあと、全国展開しているコーヒーショップの前を通りかかり、足を止めた。

(コーヒーゼリーラテ、美味しそう。飲んじゃおうっと)

おつかいに出たついでに一人でお茶をしても、別に罰は当たるまい。

そう考えた理央は店に入り、コーヒーゼリーラテをオーダーして窓際の席に腰を下ろす。着物姿で歩いていると人の視線を感じることがあるが、もう慣れた。ストローでラテを飲みつつ、理央は窓越しにぼんやりと人が行き交う往来を眺める。

湊士と結婚してから、三ヵ月ほどが過ぎていた。当初は期限つきの〝偽装結婚〟で、時期を見て離婚するという話だったが、ここにきてだいぶ様相が変わってきている。

彼の顔を思い浮かべると何ともいえない気持ちになり、理央は小さくため息をついた。湊士に「一度試してみないか」と言われて抱き合ったのは、約三週間前だ。身体の相性はよく、思いがけず乱されたものの、問題はそのあとだった。この三週間、理央は彼に猛烈なアプローチを受けている。

(湊士さんが、あんなに甘くなるなんて。……最初の印象では、そういう方面にドライな人に見えたのに)

湊士は理央に対して恋愛感情を抱き、偽装ではない本当の夫婦になりたいと考えているらしい。

「初めはビジネスライクな結婚相手として考えていたが、日常的に接するうちに内面に心惹かれた」と言われたとき、正直悪い気はしなかった。

だが一年程度だと考えていたからこそ、花宮家のような格式高い家で暮らしていく決断ができたわけで、それがこの先もずっととなると不安をおぼえる。

(わたし、全然覚悟ができてない。……湊士さんの妻であることも、花宮家の一員として暮らしていくことも)

そんな戸惑いを抱える理央をよそに、湊士の溺愛ぶりは増すばかりだ。

こちらへの態度が目に見えて甘くなり、周りに人がいても頻繁《ひんぱん》にスキンシップがあって、ヒヤヒヤする。同居後、二ヵ月半ものあいだ理央に休みがなかったのを反省したのか、東京にいるときは毎日お茶かランチに連れ出してくれるようになり、いい気晴らしになっていた。

一番顕著な変化は、夜だ。それまでは別々のベッドで寝ていたのに、身体の関係ができて以降は当たり前のように同じベッドに入り、抱き寄せてくる。

「まだ恋人になるのを了承したわけではない」と告げたところ、腕枕をして眠りにつくだけで行為はしなかったものの、それが数日続くと次第に罪悪感が湧いてきた。

(くっついて寝るだけって、男の人には結構生殺しだと思うんだけど、湊士さんはつらくないのかな。いっそ別々に寝たほうがいいはずなのに)

理央が行為を拒んでも彼はまったく怒りもせず、朝晩に挨拶のキスをしてくる。

その態度はまるで自分が大事にされているかのようで、理央の胸がきゅうっとした。湊士は頻繁に地方公演に行くため、毎日一緒に寝ているわけではない。だがそうした夜はベッドが広く思え、抱きしめる腕の強さや寝間着代わりのTシャツ越しの体温、彼の匂いをつぶさに思い出して、たまらなくなった。

やがて初めて抱き合った日から一週間後、湊士が福岡から帰ってきた夜、理央は思いきって彼の背中に腕を回した。すると明らかな態度の変化を見た湊士が、笑って言った。

『どうした。俺がいなくて寂しかったか？』

冗談めかした言葉に、理央は彼の胸に顔を押しつけて言った。

『別に……寝るときに湊士さんがいないと、何だか物足りないって思っただけ』

『そういう可愛いことされると、期待するぞ。触ってもＯＫなのかなって』

髪を撫でながらそんなことを言われ、理央は小さな声で答えた。

『……いいよ』

するとと湊士を取り巻く空気が変わり、瞬く間にベッドに押し倒された理央は、「ちょっ、落ち着いて……」と制止しようとしたものの、そのまま美味しくいただかれてしまった。

それからというもの、理央は歯止めが利かなくなった彼に毎夜ベッドで喘がされている。広い屋敷で、義両親や亘輝の部屋が離れているとはいえ、万が一声が聞こえたらと思うと気が気でない。

(まさか毎晩されちゃうなんて、ちょっと判断を間違ったかな。……でも)

湊士の抱き方に独《ひと》り善《よ》がりなところはなく、快感もあって強く拒めない。

だがこの先もずっと彼の妻として生きていく覚悟ができたのかといえばそうではなく、中途半端な気持ちでいっぱいだった。

躊躇う一番のポイントは、やはり花宮家の家柄だ。室町時代から続く家系にふさわしく、当主夫妻である義両親には近寄りがたい品格があって、気軽に話しかけられない。特に日常的に接する機会の多い由香子は、事前の挨拶もなしで突然入籍した嫁を受け入れがたいのか、当初からの冷ややかな態度を崩していなかった。

意地悪をされたりひどく叱責されるわけではないものの、世間話をする機会は一切なく、理央との関係はさながら冷徹な上司と新入社員のようだ。

（仕方ないよね。お義父さんお義母さんからしてみたら、跡取り息子にふさわしい結婚相手をあれこれ考えていたところに、没落した家系の女がいきなり「嫁でございます」ってやって来ちゃったわけだし。もう入籍しているから受け入れざるを得ないとはいえ、内心納得していないのは充分理解できる）

ため息をつき、ラテを飲み終えた理央は、タクシーで花宮家の屋敷に帰宅する。

すると玄関に女ものの靴があり、三十代の家政婦の水島亜紀《みずしまあき》に「お客さまですか」と問いかけると、彼女が頷いて答える。

「奥さまのお姉さまに当たる、國保静江《こくほしずえ》さまがいらっしゃっております」

由香子の姉ならば、湊士の伯母だ。

水島の言葉を聞いた理央は、「挨拶に行ったほうがいいかな」と考える。

（挙式のときに会った気がするし、そのときのお礼を言ったほうがいいよね。よし、行こう）

買ってきた茶菓子を彼女に預け、理央は廊下を歩いて応接間へと向かう。

床に膝をつき、襖の向こうに「失礼します」と言おうとした瞬間、ふいに室内の会話が聞こえてきた。

「まったく、湊士もとんだハズレ嫁を捕まえたものね。事前の挨拶もせず、両家の顔合わせもないまま勝手に入籍するなんて、言語道断よ。しかも倒産した成金の娘で、普通の会社勤めをしながらアパート暮らしをしていたんですって？　両親は住み込みでマンションの管理人をしていると言っていたけど、伝統と格式ある花宮家にこんなにそぐわない人間はいませんよ」

「……ええ」

憤然と話している女性の声は聞き覚えがないため、おそらく彼女が静江なのだろう。

彼女の発言は的を射ていて、理央にはぐうの音も出なかった。義両親の了承を得ないまま入籍したのも、倒産した成金の娘なのも、どちらも真実だからだ。

今まさに自分のことを話しているときに声をかけるのが躊躇われ、理央は襖に触れていた手を膝に下ろす。すると静江が言葉を続けた。

「何より胤森さんの縁談を蹴ったのは、とんでもない非礼だわ。あちらの姪御さんは能楽には関わりがないとはいえ、知識も教養もしっかりしているそうよ。言っては何だけれど、家柄も品格もない嫁より、そちらのお嬢さんのほうがよほど湊士にはふさわしかったんじゃないかしら。ねえ、やっぱり時期を見て、離縁させるべきではない？　湊士ならあの男ぶりだし、すぐに次の相手が見つかるわよ」

「でも……」

由香子が何か言いかけていたものの、目を伏せた理央はそっと立ち上がり、その場をあとにする。

そして廊下の先にある洗面所に入って引き戸を閉めると、重いため息が漏れた。

（わかっていたけど、やっぱりわたしってああいうふうに見られてるんだ。……当たり前か）

静江の言葉はもちろんだが、理央を傷つけているのは由香子の反応だ。

この三ヵ月、何とか花宮家に馴染むべく自分なりに努力してきた。常に笑顔を絶やさず、教えられたことはあとですべてメモにまとめて、空いた時間に動画などを見て能楽の勉強もした。

湊士からは月額の報酬の他に生活費として充分な金額を与えられていたが、無駄遣いは一切していない。彼が連れ出してくれるとき以外は外出もせず、〝自分は半人前だ〟ということを弁《わきま》えて謙虚に振る舞ってきたつもりだが、おそらく努力が足りなかったのだろう。

（ああ、何だか落ち込んできた。ああいう目で見られてるなら、この先ずっとこの家で暮らしていくなんて無理だよね）

しかも静江は、湊士と理央を離縁させるよう由香子に提案していた。

本来は一年で離婚するつもりだったのだから、それは渡りに船のはずだ。しかし理央は手放しに喜べずにいて、その理由を考える。

（わたし、湊士さんに「この先の人生を、本当の夫婦として一緒に暮らしていきたい」って言われて、本当はうれしかったのかもしれない。あの人と抱き合うの、全然嫌じゃないし）

静江と由香子の自分に対する評価を聞いて傷ついているのは、湊士のことが好きだからだろうか。彼との未来を前向きに考えたい自分がいたのに、周りがまったく肯定的でない目で見ているのが苦しく、心に鉛の塊を載せられたかのように重い気持ちになる。

放っておけばどこまでも落ち込んでしまいそうだったが、理央は小さく息をつき、それを遮断した。

(やめやめ。周りからそういう目で見られてたのは、とっくにわかってたことだし。お義母さんだってそういう気持ちだから、わたしにニコリともしないんだよね。でも報酬をもらってるんだから、わたしは〝花宮湊士の妻〟をやり遂げなくちゃ)

今後湊士との関係をどうするかは、今はとりあえず脇に置いておく。まずやらなければならないのは、由香子への帰宅の挨拶と報告だ。そう自分に言い聞かせた理央は、鏡の前で髪と着物を直す。

そして洗面所を出て応接間に向かうと、廊下に跪《ひざまず》き、襖の向こうに声をかけた。

「失礼いたします、理央です」

すると由香子が「どうぞ」と応えて、理央は襖に手を掛ける。

「失礼いたします」

十センチほど襖を開け、引手から一旦手を離す。

その手を立縁に沿って隙間に入れ、下から三十センチほどの高さのところに触れた。そのまま身体の中心程度まで襖を開け、反対の手に代えて身体が入る程度まで開く。

そして跪座《きざ》から正座に変えて一礼をし、軽く握った両手で身体を支えて、にじるようにして入室した。理央は畳に手をつき、静江に向かって七十度の角度で頭を下げ、挨拶する。

「國保さま、ご無沙汰しております。挙式披露宴の折にはご夫妻で参列いただき、ありがとうございました」

「え、ええ。お元気そうね。由香子から、いろいろお話は聞いておりますよ」

彼女が社交辞令でそう言ってきて、理央は控えめに微笑んで答える。

「若輩者ゆえに至らぬことばかりですが、お義母さまのご指導のもと、少しずつ花宮家のしきたりを学ばせていただいております」

静江が「そう」とつぶやき、理央は由香子に向かって告げた。

「お義母さま、ただいま戻りました。お言いつけのとおり、銀座紅寿庵さんの福栗、そして吉上屋の錦秋を二十個ずつ購入して参りました」

「そう」

「よろしければ、お茶のお代わりをお持ちいたしましょうか」

二人の湯呑みの中身がだいぶ減っているのに気づき、そう申し出ると、由香子が鷹揚《おうよう》に頷いて言う。

「お願いするわ」

「では、少々お待ちください」

応接間を退室し、廊下を歩き出しながら、理央は小さく息をつく。

やがてしばらくして静江が帰っていき、応接間を片づけた。水島が慌てて「若奥さま、私がいたしますから」と言ってきて、理央は笑って首を振る。

「水島さんは忙しいんですから、これくらいはさせてください」

和室を整え、お盆に載せた使用済みの茶器を台所に運んでいると、ふいに居間で由香子が電話をしている声が耳に飛び込んできた。

「えっ、外国のお客さまが？　……湊士が多少英語はできるでしょうけれど、あの子は外出中で不在なんです。……ええ。困ったわ、私は英語はさっぱりですし」

彼女の口調から、電話の相手は義父の栄基だとわかる。理央は一瞬躊躇ったのち、「あの」と声をかけた。すると由香子が、眉をひそめてこちらを見る。

「なあに？　今は電話中ですよ」

「申し訳ありません、不躾《ぶしつけ》にお声がけして。お話が聞こえてしまったのですけど、もしかして英語ができる人がいなくてお困りなのですか？」

「え、ええ。今日、栄基さんは外国のお客さまをもてなされているのだけれど、通訳の方が急な腹痛で病院に行くことになってしまったのですって。栄基さんは英語がおできにならないから、とても困っているそうなの。でも、多少話せるはずの湊士もいないし」

彼女の言葉を聞いた理央は、勇気を出して申し出る。

「あの、でしたらわたしがお役に立てるかもしれません」

「えっ」

「わたしはS女子大の英文科を卒業し、結婚前に勤めていた会社では海外営業事務として英語圏の企業と直接やり取りをしておりました。英会話には自信があります」

すると由香子が驚いたように目を見開き、戸惑ったようにつぶやく。

「でも……その外国の方たちに、能楽に関することを説明しなければならないのよ。理央さんには、まったく知識がないのでしょう?」

「この三ヵ月、動画や書籍でお能について勉強してきました。せっかくいらしたお客さまをお待たせするより、言葉がわかるわたしが行ったほうがいいと思います」

彼女が電話の向こうの栄基に状況を伝えたところ、彼は「すぐに理央さんをこちらに寄越してくれ」と答えたらしい。

理央は急いで訪問着に着替え、タクシーで花宮流能楽堂に向かった。何か粗相をするかもしれないという心配をしているのか、由香子も一緒だ。

十五分ほどで到着すると、ロビーで和服姿の栄基と六十代の白人の男性、それより幾分若い秘書らしき男性が椅子に座っている。栄基がこちらに気づき、立ち上がって言った。

「理央さん、すまないね。由香子も来てくれたのか」

「お義父さま、能楽についてお話しするのだとお伺いしましたが……」

彼いわく、年嵩《としかさ》の男性は財界の人間から紹介されたアメリカの大企業の経営者で、日本の文化に興味を持っているという。しかし英語に堪能な能楽関係者を通訳として呼んでいたものの、彼が急病で病院に行ってしまい、困り果てていたらしい。

「ここまでは翻訳アプリで何とか意思の疎通をしていたが、能楽のこととなるとそれも難しい。理央さん、君は英語が話せると由香子に聞いたが……」

「はい、仕事で日常的に使っておりました。ですが能楽の知識に関しては足りない部分がありますので、基本的にはお義父さまがおっしゃったことを通訳します。それでよろしいですか？」

「ああ、頼むよ」

栄基から男性たちの名前を聞いた理央は、彼らに向き直って挨拶する。

「《初めまして、ミスター・オブライエン、ミスター・スミス。宗家の息子の妻の、理央と申します》」

するとオブライエンが眉を上げ、英語で言う。

「《ミセス・リオは、英語が話せるのかな》」

「《はい。本日は、わたしが宗家の言葉を通訳させていただきます。どうぞよろしくお願いいたします》」

彼が藍色の着物姿のこちらを見て「美しいキモノだね」と褒めてくれ、理央はニッコリ笑って答える。

「《ありがとうございます。これは沖縄県宮古島《おきなわけんみやこじま》の伝統織物〝宮古上布〟という着物で、軽く柔らかな風合いの夏着物です。朝顔の帯にガラスの帯留を合わせることで、まだまだ暑い時季にぴったりな雰囲気のコーディネートにしました》」

それを聞いたオブライエンは目を細め、「エレガントだ」とつぶやく。

栄基が「能舞台をご案内しましょう」と二人を促し、連れ立って中に向かった。理央は自分がこれまで勉強してきた知識を踏まえ、栄基の言葉をなるべく忠実に翻訳できるように気をつけつつ説明する。

「《こちらが能舞台になります。まるで神社のような屋根がついているのは、昔屋外で上演されていたときの名残です。舞台の下、白い石が敷き詰められているところは〝白洲《しらす》〟といい、神聖な空間を示しているという説や、屋外で自然光を反射するという照明効果があったといわれています》」

他にも、舞台正面奥の鏡板に描かれた老松には神が降臨するという説があることや、目付柱は面をかけて視界が狭くなった能楽師にとって重要な目印になることなどを語り、演者の通路である〝橋掛かり〟の説明に移る。

「《登場人物たちは五色の〝揚幕〟から出て橋掛かりを通って舞台に向かいますが、その手前に置いてある松三本は、舞台に近い手前の松から順に〝一ノ松〟〝二ノ松〟〝三ノ松〟と呼ばれています。よく見ると幕へ近づくにつれて背が低くなっていて、これは遠近法を利用し、登場人物が遠くのほうからやって来るように見せる仕掛けです》」

理央の説明を熱心に聞き、能舞台の静謐《せいひつ》で神聖な雰囲気を目の当たりにしたオブライエンが、感じ入った様子で言う。

「《さすがは数百年も続く伝統芸能、舞台装置のひとつひとつに意味があるのだな。ここで上演される演目は、さぞ神々しいのだろうね》」

「《そうですね。やはり豪華絢爛な装束と役柄に応じた面が、非日常的な雰囲気を醸し出すのだと思います》」

「《見せてもらうわけにはいかないかな》」

わくわくした顔でそう言われ、理央はオブライエンの言葉を栄基に伝える。すると彼は、少し考えて答えた。

「装束は後見や数人のシテ方の手を借りて数人がかりで身に着けるものだから、今は難しい。だが面をかけて仕舞を見せることならできると思う」

理央がそのとおりに伝えたところ、オブライエンが「ぜひ」と申し出る。

そのとき戸口で気配がし、振り向いた由香子が「あら」とつぶやいた。そこには和服姿の湊士がいて、理央がいるのに驚いた様子で言った。

「お客さまですか？」

どうやら彼は、出先から戻った足でたまたま能楽堂に来たらしい。由香子が状況を説明した。

「ええ。栄基さんがおもてなしすることになったアメリカのお客さまなのだけれど、通訳の方が急病になってしまって。英語ができる人がいなくて困っていたところ、理央さんが通訳を申し出てくれたの」

「そうでしたか」

対外的に敬語で話している彼は、父に向かって言う。

「僕も何かお手伝いしましょうか」

「そうだな。オブライエンさんが能装束に興味を持っておられるんだが、シテ方がいないためにそれは無理だ。だから面をかけて仕舞を見せようと思っていたんだが、お前に任せてもいいか」

「はい」

湊士は二人に丁寧に挨拶したあとで装束の間に向かい、そこから〝小面《こおもて》〟という面を持ってくる。

そしてそれを見せながら説明した。

「こちらは〝小面〟といって、ふっくらした頬とつぶらな瞳が特徴の、年若い女性の役柄でかける面です。日本では無表情のことを『まるで能面のようだ』と表現し、特に女面の無表情は〝中間表情〟といわれて、感情が見えないとされています。ですが人が面をかけると、不思議と感情が通っているように見えてくるから不思議です。よく見ていただきたいのですが、こうして面をやや上に向けると〝照ル・照ラス〟といい、うれしさや喜びを感じる明るい表情になります」

彼が照明を当てながら面をやや上向きにすると、二人が「オー」と声を上げ、目を丸くする。

続いて湊士は面を下向きにしつつ、言葉を続けた。

「逆にやや伏せると〝曇ル・曇ラス〟となり、悲しみや寂しさ、憂いを感じる表情になります。このように照明を利用した微妙な動きで、我々能楽師は役柄の感情を表現しているのです」

そう言って彼は栄基と共に舞台に上がり、そこから二人に向かって言う。

「宗家に代わり、僭越ながら僕が仕舞のひとつをお見せいたします。〝野宮《ののみや》〟の序ノ舞です」

湊士が小面の面を恭しく押し頂き、敬意を示したあとに顔にかける。

（わ、すごい……）

面を顔にかけた瞬間、彼が一気に女性らしい雰囲気を身に纏ったように見え、理央は目を瞠《みは》る。

栄基は舞台の右手に座り、地謡を務めるつもりのようだ。湊士が扇を構え、ゆったりと優美な動きで序ノ舞を舞い始めて、オブライエンが抑えた声音で「彼の動きには、一体どんな意味があるのですか」と問いかけてきた。

理央は自分の解釈で合っているかを由香子に確認し、彼に答える。

「《役柄の、心象風景を表しています。このシテは源氏物語《げんじものがたり》に出てくる六条御息所《ろくじょうのみやすどころ》なのですが、彼女のやるせない想《おも》いを舞で表現しているのです》」

本来は囃子に合わせて舞うものだが、今はその音はない。

扇を広げて顔の前に出し、緩やかに足を滑らせながら雅に袖を返したり、儚《はかな》げな動きで身を翻す姿はまさに〝幽玄〟で、理央は客人二人と同様に感嘆のため息を漏らした。

やがて湊士が、よく通る声で詞章《ししょう》を述べる。

「野の宮の　月も昔や　思ふらん」

能は台詞の部分と謡う部分から構成されていて、詞章とはその台詞部分に当たる。

独特の抑揚をつけて言い回され、この口上は「野の宮をこうして照らす冴えた月も、もしかしたら昔のことを思い忍ぶのだろうか」という意味だが、彼は顔半分を隠していた扇を斜め上に上げる〝上げ扇〟というしぐさで、秋のうら寂しい風景に自身の気持ちを重ね合わせる御息所の心情を表現した。

そして地謡の栄基がどっしりと安定した声で「影さびしくも　森の下露　森の下露」と合いの手を入れ、交互に口上を述べながら舞い続ける。

やがて「風茫々《ぼうぼう》たる　野の宮の夜すがら　なつかしや」という詞章のところで、湊士は扇を持っていないほうの手を口元に当てる〝シオリ〟というしぐさをし、さめざめと泣く様子を表現した。

その姿には何ともいえない哀切がにじみ出ていて、観客である理央と二人は呑まれたように湊士を見つめる。

本当はここから囃子のスピードが増して〝破ノ舞〟へと移っていくものの、彼はそこで舞を終わらせた。するとオブライエンとスミスが拍手喝采で、彼を褒め称える。

「《素晴らしい！　何てファンタスティックなんだ》」

「《あの面は感情がわかりづらいと思っていたが、舞やしぐさから悲しみや寂しさが切々とにじみ出ていたね。見ているうちに、面からどんどん気持ちが伝わってくるようになるのが不思議だ》」

彼らの感想を伝えたところ、湊士と栄基が「ありがとうございます」と微笑む。

その後は花宮家の屋敷に場所を移し、茶道の免状を持つ由香子が茶室で彼らに茶を点《た》てた。オブライエンはいたく感銘を受け、急遽一緒に夕食を取ることになって、予約が取れた赤坂《あかさか》の料亭に総勢六人で移動する。

やがて夜も更けた午後九時半、店の外に出た理央は、彼に笑顔でお礼を言われた。

「《ミセス・リオの通訳のおかげで、楽しい時間を過ごせたよ。元々日本の文化に興味を持っていたが、今日はとてもいい経験をさせてもらった。ありがとう》」

「《こちらこそ、ご一緒できてとても光栄でした。ありがとうございます》」

オブライエンたちと別れ、理央は湊士と、栄基は由香子とタクシー二台に分乗して屋敷に戻ることになったが、シートに背を預けるとホッと気持ちが緩んだ。

そんな理央を隣から見つめ、湊士が笑顔で言う。

「お疲れ。今日は大活躍だったな。出先から戻ってきたら、外国人の客と一緒に理央がいて、びっくりした」

「お義母さんとお義父さんが電話で話している内容が、たまたま聞こえてしまって……。わたしで役に立てるならと思って申し出たんだけど、本当はちょっと後悔してるの」

それを聞いた彼が、「何で」と不思議そうに眉を上げる。理央は昼間の静江と由香子の話を思い浮かべつつ、小さく答えた。

「やっぱり、出すぎた真似《まね》だったんじゃないかなと思って。だってご両親からしたら、わたしみたいなのが湊士さんの妻ですって顔をして表に出るのは、恥ずかしいかもしれないでしょう？　だから」

「そんなことない。理央の通訳は的確だったし、現にオブライエンさんも満足してた。今日のMVPと言ってもいいくらいだ」

湊士が理央の手と自分のそれをぎゅっと握り合わせ、穏やかな声音で言う。

「理央が英語を話せるのは知ってたけど、あんなに流暢《りゅうちょう》だったのは意外だった。たぶん、うちの両親も同じ感想を抱いていると思う」

「そうかな」

「ああ」

彼の言葉は、屋敷に帰宅したあとすぐに証明された。

理央は真っ先に義両親の元に向かい、出すぎた真似をしてしまったことを謝罪したが、栄基は「とんでもない」と言って顔を上げさせた。

「理央さんが能楽堂まで来てくれなかったら、私は大いに恥をかくところだった。君が通訳してくれたおかげで、オブライエンさんたちは満足して帰ってくれたんだ。本当にありがとう」

「いえ、そんな。能楽の専門的な部分を、どこまで忠実にお伝えすることができたかはわかりませんし」

恐縮する理央に、彼が感心した顔で言う。

「しかし、理央さんがあれほどまでに流暢な英語を話せるとはな。過去に留学の経験が？」

「はい。高校時代から、何度か短期留学をしていました。大学では英文科で学び、就職した会社では海外営業事務を七年ほど」

「なるほど。仕事で英語を使っていたからこそ、臆することなく話すことができたのか」

栄基は多忙なため、同じ屋敷で暮らしていてもこれまでほとんど接する機会がなかったが、思いのほか気さくに話してくれて、ホッとする。彼がにこやかに言った。

「理央さんの働きに対して、きちんとお礼をしないと罰が当たるな。何かしてほしいことがあるなら、何なりと言ってくれ」

「と、とんでもありません。わたしは自分にできることをしたまでですから」

慌てて首を横に振るものの、栄基は引かない。困り果てた理央は、ふと思いついて遠慮がちに口を開いた。

「あの……では、ひとつだけお願いが」

「何かな」

「湊士さんがシテを務める舞台を、生で鑑賞してみたいんです。お許しいただけるでしょうか」

オブライエンたちの前で仕舞をしたときは、装束を着けずに面だけをかけていたが、素晴らしかった。それを思い出しながら申し出ると、彼は彼は由香子と顔を見合わせ、苦笑して言う。

「宗家である私の舞台ではなく、湊士のシテが見たいとはな」

「あっ、も、申し訳ありません」

「いや。夫婦が仲睦まじいのは、いいことだ。それに今までそういう機会がなかったのは、むしろこちらの配慮不足だよ。すまない」

すると由香子が、理央に向かって告げた。

「湊士は今週末に、鎌倉《かまくら》で花宮流十月例会の舞台があります。そのときに泊まりがけで行ってくるといいわ」

「いいんですか？」

まさか泊まりがけで許可してくれるとは思わず、理央が問い返すと、彼女が頷く。

「ええ。私も今日の理央さんの働きには、とても感謝しています。あなたたちは新婚旅行にも行けていないのだから、せめて一泊くらいは羽を伸ばしていらっしゃいな」

由香子の言葉はまるで自分を花宮家の嫁と認めてくれたかのようで、胸がじんと震える。理央はみるみる笑顔になり、彼女に礼を言った。

「ありがとうございます。すごくうれしいです……！」


それから三日、理央は落ち着かない気持ちで日々を過ごした。

外国の賓客のアテンドをした日から、栄基は顔を合わせれば声をかけてくれるようになり、由香子の冷ややかさも和らいだように感じる。

(勢いだったとはいえ、あのとき勇気を出して通訳を買って出てよかったな。……何となく、花宮家での暮らしが楽になった気がする)

毎日来客対応や由香子の茶会の手伝いなどをこなしつつ、理央は折に触れて週末に鎌倉で行われる公演の告知サイトを見ていた。

そこには〝能　井筒《いづつ》　花宮湊士〟〝狂言　雁大名《がんだいみょう》〟などと演目が書かれていて、それを見るたびにわくわくする。公演は日曜の午後一時からで、前日である土曜日に湊士が出張先の松山《まつやま》から帰ってくるため、鎌倉で待ち合せて二人で一泊する予定でいた。

（通訳をしたご褒美とはいえ、まさか泊まりがけで観に行くのを許してもらえるとは思わなかった。……でも、すごくうれしい）

湊士が弟子に稽古をつけているところに同席したことは何度もあるが、彼の教え方や仕舞を見せるときの動きは、堂々としていた。何よりオブライエンたちの前で面をかけて舞ったときの印象が鮮烈で、早く舞台を見たくてたまらなくなる。

そんなことを考えながら屋敷の廊下を歩いていると、ふいに出先から帰ってきたらしい亘輝と行き合う。こちらに気づいた様子の彼に、理央は声をかけた。

「亘輝さん、おかえりなさい」

「ただいま、理央さん」

今日の亘輝は着物姿ではなく、シャツにジャケット、スラックスというオフィスカジュアル風の恰好だった。いつも柔和な雰囲気の彼に、理央は微笑んで申し出る。

「よろしければ、お部屋にお茶でもお持ちしましょうか」

「ああ、お願いするよ」

亘輝が二階に上がっていき、廊下を進んで厨房に入った理央は、温かい日本茶を淹《い》れる。そしてそれをお盆に載せ、二階の彼の私室に向かった。

「亘輝さん、入ってもよろしいですか？」

「どうぞ」という声がしてドアを開けると、室内は八畳ほどの広さで、二人掛けタイプのソファとテーブル、ノートパソコンが載ったデスクなどがあり、落ち着いたインテリアとなっていた。

デスクのところに立ってスマートフォンを手にしていた亘輝が、笑顔で言う。

「ありがとう。お菓子も持ってきてくれたんだ」

「いただきものなんですけど、お砂糖を纏った求肥《ぎゅうひ》でシャインマスカットを包んだものなんです」

「へえ、美味《うま》そうだ」

彼は「ところで」と言い、理央を見た。

「このあいだの話、聞いたよ。アメリカから来たお客さんの通訳をして、大活躍だったって」

「そんな、たいしたことはしていませんから」

「でもそのご褒美に、日曜の花宮流十月例会の舞台を観に鎌倉に行けることになったんだろう？湊士は松山から直行だっけ」

亘輝の問いかけに、理央は「はい」と頷く。すると彼がニッコリ笑って言った。

「じゃあ理央さん、当日僕と一緒に鎌倉に行かない？」

「えっ」

「僕も日曜の舞台に出演するんだ。行き先が一緒だし、同じ電車でどうかなと思って」

それを聞いた理央は、「あの」と口ごもって答えた。

「実はわたし、明日鎌倉に前乗りするんです。湊士さんと待ち合せて、鎌倉観光をしようということになって……お義父さんお義母さんも、泊まりがけで行くのを許してくださったので」

すると亘輝が眉を上げ、「そうか」とつぶやいた。

「夫婦二人、水入らずで一泊するなんてラブラブだね。そういえば、新婚旅行にも行けてなかったっけ」

「そ、そうです……」

改めて言葉にされると恥ずかしさがこみ上げ、理央はじんわりと頬を染める。

確かに二人で宿泊するなど、何をしているか丸わかりだ。そんな理央を見つめた彼が噴き出し、明るい口調で言った。

「僕の誘いは、だいぶ野暮だったってことだな。じゃあ今回は諦めるから、二人で鎌倉観光を楽しんできて」

「……はい」

第七章

愛媛県《えひめけん》松山市では、かつて藩主の庇護のもとに能楽が盛んに行われ、今も伝統を継承するべくさまざまな催しが行われている。

前日の演目は、〝敦盛《あつもり》〟だった。地謡として参加した湊士は、舞台のあとでワキ方や狂言方の演者と食事をしながら交流を深めたものの、翌朝五時に起床して身支度をする。そしてタクシーに乗って約二十分、松山空港に到着し、搭乗までのあいだにコーヒーを飲んで一息ついた。

（せっかく朝食がいい宿だったのに、朝一の便に乗るから食べられなくて残念だったな。まあ、仕方ないか）

明日は鎌倉で、花宮流十月例会の舞台にシテとして出演する。今日は移動を兼ねた休みだが、それを利用して理央と待ち合わせ、鎌倉市内で一泊する予定だった。

（考えてみれば、理央とこういう旅行っぽいことをするのは初めてだな。どういう恰好で来るんだろう）

彼女の顔を思い浮かべた湊士は、ふと頬を緩める。

理央と出会って、もうすぐ四ヵ月が経とうとしていた。あれから彼女は、だいぶ花宮家に馴染んできているように見える。それは理央自身の努力の賜物で、次期宗家である湊士の妻として内向きのさまざまなことに関わっていた。

花宮流は自主公演が多いが、チケットは黙っていても売れないため、営業活動が必要になる。友人知人などあらゆる人脈を駆使し、手書きの案内状をこまめに送るのは、主に妻の役割だ。

他にも、屋敷に頻繁にかかってくる電話の対応をして伝達事項を聞き取ったり、能楽堂を利用する素人会の運営に携わり、受付やイベント時に弁当の手配をしたりするのも、妻の仕事だった。

その傍ら、同門の妻たちとのつきあいに参加し、ときには茶会を開催してもてなしたりと、枚挙に暇《いとま》がない。身なりは常にきちんとしていなくてはならず、家のしきたりや礼儀作法も完璧さを求められるため、相当気苦労が多いはずだった。

(でも……)

そうした業務に、理央はいつも真剣に取り組んでいる。大変でも愚痴は零さず、いつもあっけらかんとしていて、令嬢らしからぬ逞しさにいつしか強く心惹かれていた。

自分の中の気持ちが恋愛感情であるのを自覚した湊士は、彼女に想いを告白し、身体の関係を持った。そして本来なら期限つきの〝偽装結婚〟であるところを、「本当の夫婦にならないか」と持ちかけたものの、理央は色よい返事を寄越さなかった。

「先々のことを考えると、今の段階でははっきり返事はできない」――というのが彼女の意思で、言っていることは至極もっともだ。そう考えた湊士はあれから理央の気持ちを自分に向かせるべく、猛アプローチをしている。

忙しい仕事の合間、湊士は彼女をランチやお茶に連れ出し、なるべく二人の時間を作るように心掛けていた。同じベッドに入ると我慢できずに抱いてしまうが、常に理央の快楽を優先し、独り善がりなやり方をしたことは一度もない。

その甲斐《かい》あってか、近頃の彼女の態度はだいぶ軟化してきたように思う。屈託なく笑い、抱き合うと素直に感じて、そんな様子を目の当たりにするたびに湊士の中ではじりじりと募る想いがあった。

(嫌われてはいないだろうけど、理央はどの程度俺のことが好きなのかな。普通の恋人みたいにつきあう分には構わなくても、やっぱり家柄が引っかかってるのか)

能楽師、しかも宗家の家柄に嫁ぐのは、おそらく普通の結婚よりはるかにハードルが高い。

一番のネックは、やはり両親だ。最初に顔合わせもせず無断で入籍したことが響いていて、結婚後の理央に対する二人の態度は至って冷ややかだった。あからさまな嫌がらせやいびりなどはなかったものの、温かな交流などは一切なく、彼女は「ちょっときつめの上司だと思えば平気だ」と語っていたが、本当はつらかったに違いない。

湊士自身は手をこまねいていたわけではなく、「理央は一生懸命やっている」「もし何か言いたいことがあるなら、全部俺に言ってくれ」と折に触れて両親に申し出ていた。だが人の心は如何《いかん》ともしがたく、なかなか改善できなかったのは否めない。

そんな中、理央が外国の賓客の通訳を務めたことは、大きな転機になった。これまでは彼女に対して友好的な気持ちを持てずにいた両親だったが、理央が得意の英語を駆使して接待を成功させ、だいぶ見方が変わったらしい。

湊士が松山に向かう当日、たまたま二人きりになったタイミングで、由香子が言った。

『理央さんが外国のお客さまの通訳をしてくれて、本当に助かったわ。あのままだったら、栄基さんは宗家として大恥をかくところだったもの。でも理央さんは終始笑顔で通訳をこなしてくれたばかりか、オブライエンさんが茶道に興味を持っていることを聞き出して、「お義母さま、お屋敷でお茶を点てることはできますか」って小声で聞いてきたの。きっとお茶のお免状を持っている私に、花を持たせようとしてくれたのね』

屋敷に招いて茶室で茶を点てたところ、オブライエンはいたく感激していた。

そうした場を設けることで、理央が宗家夫人である自分の立場を引き立ててくれたのだと語った彼女は、小さく息をついて言った。

『理央さんは教養ある女性だってあなたは言っていたけれど、最初が最初だけに、私はなかなか彼女を受け入れられずにいたの。でもあのときの理央さんは、品格ある態度でオブライエンさんに接していて、とても立派だったわ。それに比べて、私はあなたが自分で選んだお嫁さんなのに、今まで優しい言葉ひとつかけてこなかった。……駄目な母親よね』

感謝しているのは栄基も同様で、「これからの時代、理央さんのように語学ができる人が一門にいてくれたら、心強いだろうな」と語っていた。

それからすぐ出発してしまったため、理央には彼らの言葉を伝えられていない。だがもしそれを知ったら、きっと彼女は喜んでくれる気がする。

(屋敷での居心地がよくなったら、理央はこれからのことを前向きに考えてくれるかな。それ以前に、俺自身に惚れさせなきゃ駄目か)

松山空港から羽田《はねだ》までは、飛行機で一時間半ほどの距離だった。

そこからリムジンバスに乗り、横浜《よこはま》駅で横須賀《よこすか》線に乗り換えて鎌倉に到着したのは、午前十時の少し前だ。待ち合わせ場所である西口の時計台前に行くと、そこにはキャリーケースを脇に置いた理央が立っていた。

今日の彼女は、クラシカルな印象のボウタイ付きブラウスにロングスカートを合わせた、上品なスタイルだ。

後ろで緩くまとめた髪や耳元で揺れるピアス、首元のネックレスが、女性らしい雰囲気を醸し出している。往来を見つめていた理央がこちらに気づき、パッと目を輝かせて言った。

「おかえりなさい、湊士さん」

「ただいま」

「朝七時の飛行機で戻ってきたんでしょ？　昨日も公演だったんだから、もっと遅い時間でもよかったのに」

キャリーケースを引いて彼女の前まで来た湊士は、笑って答える。

「そうしたら、せっかく理央とデートする時間が少なくなるだろ。東京から離れたところで二人で過ごすのは、初めてなのに」

「それはそうだけど」

理央はこちらを見上げ、わくわくした顔で言った。

「鎌倉に来るのは子どものとき以来だから、今日はすっごく楽しみにしてたの。駅の西口と東口で、だいぶ雰囲気が違うんだよね？」

「そうだな。のんびり散歩するなら西口のほうがいいんだろうけど、鎌倉に来るのが久しぶりなら、スタンダードな東口に行くか」

手荷物預かりサービスにキャリーケースを預け、駅舎を通って東口に抜けると、小町《こまち》通りという商店街に出る。まっすぐ三〇〇メートルほど続く通りには、二〇〇軒を超える店が立ち並び、既に観光客で溢れていた。

「わあ、いろんなお店があるね。美味しそう」

香ばしい匂いを漂わせる手焼き煎餅《せんべい》や葉山牛《はやまぎゅう》を使った肉寿司、揚げたてのコロッケや和菓子など、通りにはあらゆるグルメが溢れていて、目移りしてしまう。

雑貨屋やカフェ、ギャラリーなどもあり、人混みを縫って歩きながら、理央の希望でずんだ餅を食べた。そしてお土産にフィナンシェを買ったあと、人気のブランチ専門店に入ってフレンチトーストを注文する。

NYスタイルのカフェの店内はおしゃれで明るく、若い女性やカップルで溢れていて、彼女がアイスティーを一口飲んで問いかけてきた。

「湊士さんは、鎌倉はよく来るの？」

「公演で、年に三、四回かな。来るたびに観光はしないけど、日本全国のいろんな場所を知ってるから、あちこち案内はできる」

「すごいね、一緒に行ったら楽しそう」

それを聞いた湊士はコーヒーを一口飲み、チラリと笑って答えた。

「いいよ、連れてってやる。――理央が行きたいところなら、どこにでも」

「えっ……」

この先も一緒にいる前提の言い方をすると、理央が視線を泳がせる。湊士は言葉を続けた。

「今回、理央が俺のシテを務める舞台が観たいって言ってくれて、うれしかった。自分の仕事を認めてくれているようで」

すると彼女がじわりと頬を赤らめ、モゴモゴと言う。

「そんなの……前から認めてるよ。でもわたし、お能は動画でしか観たことがなくて、初めて生で鑑賞するなら湊士さんの舞台がいいって思ったの」

「へえ。だったら、気が抜けないな」

店の看板メニューであるフレンチトーストは特有のブリオッシュパンを使用していて、理央がスマートフォンで写真を撮っていた。

納得がいく写真が撮れたらしい彼女は、フレンチトーストをナイフで切り分け、湊士に向かって言う。

「湊士さんも、一口食べる？」

「うん」

フォークに刺して口に入れてもらい、モグモグと咀嚼《そしゃく》する。

こんなふうにひとつの皿をシェアしている自分たちは、傍から見て仲のいい夫婦に見えているるだろうか。それとも湊士は指輪をしていないため、カップルだと思われているのだろうか。

(失敗したな。せっかくのデートなんだから、普段は外してる結婚指輪を持ってくればよかった)

そんなことを考えていると、彼女が「ねえ」と呼びかけてくる。

「明日舞台があるなら、今日はリハーサルとかがあるんじゃない？　もしそうなら、わたしは一人で時間を潰すけど」

「申し合わせのことなら、今回はない」

「ないって……」

「能の世界では、それぞれの演者たちが各自勉強してきて一回だけ集まり、本番どおりに演じてみて具合が悪いところはないかを確認する。それが〝申し合わせ〟、つまりリハーサルだけど、新作とか普段あまりやらない演目のときだけは数回行うかな。でもよくやる演目で、ベテランの出演者ばかりが集まっている場合には、申し合わせすらしないこともある」

「そうなの？」

舞台には監督的な人物はおらず、シテ方、ワキ方、狂言方、囃子方のそれぞれが自身の解釈を主張し合い、接点を見つける。そんな〝一期一会〟の精神を大切にしているのだと湊士が説明すると、理央が感心したようにつぶやいた。

「何だか、すごいね。本当にプロフェッショナルの集まりなんだ」

「だから演劇みたいに、何日間も同じ公演はやらないんだ。二度と同じものは観られない、見逃したらそれっきり――能は、そういうものになってる」

そう言って一旦言葉を切った湊士は、微笑んで彼女を見る。

「理央が観てくれる明日の公演は、俺にとって特別だ。楽しみにしててくれ」

カフェを出たあとは、再び鎌倉の街を散策する。

小町通りを歩くあいだ、理央はとにかくいろいろなものをよく食べた。大仏の顔の形をした紅芋あん入りの饅頭《まんじゅう》を頬張り、苺《いちご》ソースが入ったわらび餅ドリンクを飲む。カレーパンは湊士と半分ずつ食べ、さらに揚げたての蒲鉾《かまぼこ》の店を興味深そうに眺めていて、呆れて声をかけた。

「まだ買う気か？　もうかなりいろいろ食っただろ」

「だってせっかく来たんだから、楽しまないと。ね、あのお店、鎌倉ビールも売ってるよ。蒲鉾を食べながら飲もう」

熱々の大判揚げを二枚買い、ビールも注文する。

早速頬張ってみると、すり身のふわふわ感と魚の自然な甘みがビールとよく合って、湊士はボソリと言った。

「……美味いな」

「ねー、美味しいよね。やっぱり買ってよかったでしょ？」

底抜けに明るい顔で笑い、熱々を冷ましながら蒲鉾を食べる彼女の姿を見た湊士は、思わず微笑む。

（……可愛いな）

上流階級の令嬢たちのようなおしとやかさはないものの、こんなふうに屈託のない笑顔を見せてくれる理央を、湊士はいとおしく思う。この先もずっと一緒にいたいと考えているが、彼女のほうはどうだろう。少しは自分を、〝特別〟だと思ってくれているのだろうか。

その後は鶴岡八幡宮《つるがおかはちまんぐう》を訪れて壮麗な神殿の数々を見学し、若宮《わかみや》通りを散策した。そして駅まで荷物を取りに戻ったあと、タクシーで今夜の宿へと向かう。

車を走らせること十分、到着したのは築百六十年の古民家をリノベーションした高級旅館だった。

建物を見上げた理央が、感心した顔でつぶやく。

「素敵……。こんな高級そうなところに泊まるの？」

「ここは一日二組限定で、イタリアンレストランと一緒になっているオーベルジュなんだ。せっかくだから、奮発してみた」

チェックインを済ませると、スタッフが荷物を預かり、部屋まで案内してくれる。

リビングと和室、ベッドルームの三部屋と、大きな浴室、トイレが二つというその部屋は九十平米の広さを誇り、モダンで洗練されていた。

室内を次々に見て回った理央が、最後に訪れた寝室で感嘆のため息を漏らしつつ言った。

「部屋が三部屋もあるなんて、びっくり。贅沢すぎて、何だか尻込みしちゃうね」

「今回は俺たちの新婚旅行みたいなものだから、それなりのところじゃないとって考えたんだ」

「新婚旅行って……」

湊士は彼女の腕をつかみ、その身体を引き寄せる。そして腕の中に抱きしめ、髪に鼻先を埋《うず》めてささやいた。

「ずっと、触れたくて仕方なかった。理央が楽しそうに笑ってる顔が可愛すぎて」

「そ、湊士さん。まだ三時だし、わたし、外を歩いて汗をかいたから……、んっ」

何か言いかける唇を塞ぎ、舌を絡める。

この二日間、出張で理央に触れられずにいたため、にわかに飢餓感《きがかん》がこみ上げていた。しかも都合がいいことに、ここは寝室だ。さんざん貪って唇を離した湊士は、理央の耳朶《みみたぶ》を軽く食《は》む。するとと彼女の身体がビクッと震え、そのまま耳の穴に舌先をねじ込んだ。

「あっ……」

わざと水音を立てながら耳孔《じこう》をくすぐると、理央が息を詰める。彼女の吐息が震え、こちらの衣服をぎゅっと握ってきて、室内の空気が次第に濃密になっていくのがわかった。

理央の耳に直接声を吹き込むように、湊士は低くささやく。

「今すぐ抱きたい。──いい？」

「……っ」

ひそめた声で性感を煽られたのか、彼女の顔が真っ赤になる。

返事を聞かないまま湊士は理央の手を取り、ダブルサイズのベッドへと向かった。そしてベッドの縁に腰掛け、彼女の身体を引き寄せる。

「あ……っ」

細い身体を抱きしめ、湊士は胸のふくらみに顔を埋めた。花のような匂いを吸い込みながらブラウス越しに胸の先端を噛むと、理央が息を詰める。

上半身を抱きすくめて逃げられないようにしつつ、湊士は服越しに胸の先をやんわりと食んだ。するとブラウスにじんわりと唾液が染みていき、ブラのレースがうっすら透けてくるのがわかる。

彼女の手がこちらの髪に触れ、小さな声が頭上から言った。

「服越しに噛むの、やめて……っ」

「じゃあ、脱がせていいか？」

ボウタイを解き、ブラウスの前ボタンを外していく。

すると胸の谷間があらわになり、湊士はそこに唇で触れた。弾力のある胸は形がきれいで、ちょうどいいサイズだ。カップを引き下げ、清楚な色の先端に吸いついた途端、理央が甘い吐息を漏らした。

「はぁっ……」

軽く吸うだけで硬くなったそこを、舌で押し潰す。

乳暈をなぞり、音を立てながらしゃぶると、彼女がぎゅっと頭を抱え込んできた。それに動きづらさを感じながら、湊士は胸の尖りへの愛撫を続ける。

そうしながらも片方の手でスカートをたくし上げ、すんなりと細い太ももを撫でた。ストッキングに包まれた尻の丸みから脚の間に触れたところ、そこは既にじんわりと熱くなっている。

「……っ、ん……っ」

割れ目を指でなぞるようにしたところ、下着の内側がぬるりと滑る感じが伝わってくる。

ストッキングが伝線したら困るかもしれないと考えた湊士は、両手でそれを引き下ろした。そして下着の中に手を入れ、直接花弁に触れた瞬間、理央がビクッと身体を揺らす。

「あっ……！」

そこは胸への愛撫でぬかるみ、愛液をにじませていた。

ぬるつくそれを広げるように指を動かした途端、粘度のある水音が立つ。彼女がますますきつくこちらの頭を抱え込んできて、胸の谷間に顔を埋める形になった湊士は、ふくらみを舌で舐めた。

「はっ……ぁ……ん……っ」

指を割れ目で行き来させるうち、愛液の分泌が多くなる。

途切れ途切れに響く理央の甘い声が、湊士の中の欲情をじりじりと高めつつあった。やがて指先を蜜口に浅く埋めると、中がきゅうっと締めつけてくる。湊士は理央の顔を見上げ、小さく笑った。

「相変わらず狭いな、ここ。俺のが入るように、奥までうんと解さないと」

「んん……っ」

蜜口から沈めていく中指を、隘路がわななきながら締めつけてくる。

愛液を纏った襞は柔らかく、指の表面をゾロリと舐めるような動きをするのがひどく淫らだった。尻のほうから指を挿入されているせいか、彼女は後ろにやや腰を突き出す姿勢になっていて、ときおり揺れるのが淫らで可愛い。

指の腹で内壁を擦るようにしながら、湊士は抽送を繰り返す。最初は狭く、動かしづらかったものの、潤みが増したせいで次第に容易になった。

「濡れてきた。指、増やすぞ」

「あ……っ」

圧迫感が増したのか、中の締めつけがきつくなる。

こちらと目が合った瞬間、理央はどこか悔しそうな表情をして、噛みつくように口づけてきた。

「……っ」

舌を絡められた湊士は、それに応える。

わななく内壁の動きから彼女が感じているのが伝わってきて、キスをする目が潤んでいた。唇を離した湊士は、吐息が触れる距離でささやく。

「可愛い――理央」

「んぁっ……！」

突き入れた二本の指でひときわ奥を抉った瞬間、理央がビクッと身体を震わせて達する。

彼女が身体を脱力させながらぐったりとこちらにもたれ掛かってきて、湊士はそれを受け止め、ベッドに横たえた。そして太ももの半ばまで下ろされていたストッキングと下着、スカートを脱がせ、彼女の脚を大きく広げる。

「ぁっ、待っ……」

達したばかりでしとどに濡れたそこを、舌で舐め上げる。蜜口がヒクリと蠢《うごめ》き、理央が慌ててこちらの頭をつかんできた。

「や、やめてよ。明るいのに……っ」

「明るいからいいんだろ」

「馬鹿っ、変態……っ」

髪の毛をつかんで抗議してくる彼女の手を、湊士は指を絡ませつつ握り込む。そしてこれ見よがしに舌を出し、ニヤリとして言った。

「見たかったら、見てていいぞ。そっちのほうが興奮するし」

「あ……っ」

脚の間に顔を埋めた湊士は、溢れ出た蜜を舐め、舌先で花芽を嬲《なぶ》る。室内には午後の日差しが差し込んで眩《まぶ》しいほどに明るく、理央はそんな中でする行為にかなり羞恥をおぼえているようだった。

一方の湊士も、ひどく興奮している。股間は痛いほど張り詰めていて、本音を言えば今すぐに挿れてしまいたい。だが彼女を可愛がりたい気持ちのほうが強く、花弁を開いてじっくりとそこを愛撫した。

上部にある小さな尖りを舌で転がし、表面で押し潰す。敏感なそこはすぐに硬くなり、コリコリとした感触が舌に愉《たの》しかった。ときどき吸うと理央の声が甘くなり、蜜口からトロリと愛液が溢れ出て、視覚的に湊士を煽る。

「うっ……んっ、……は……っ……」

零れた蜜を啜り、舌先で入り口をくすぐる動きに、彼女の白い太ももがビクビクと震えた。

脚の間に顔を伏せたまま視線だけを上げると、泣きそうな顔をしてこちらを見ている理央と目が合い、湊士は笑って言う。

「やっぱり見てるほうが、興奮するだろ。理央のここ、どんなふうになってるか教えてやろうか」

「や……っ」

握り合わせたままだった片方の手にぎゅっと力が込められ、湊士はそれを引き寄せて彼女の手のひらにキスをする。そして熱っぽくささやいた。

「どこもかしこも、可愛い。全部触れて、俺で埋め尽くしてやりたいくらい……」

「んんっ……」

花弁を開いた湊士は、中指をゆっくり理央の体内に埋めていく。

すっかりぬかるんだ隘路は指をすんなり受け入れ、熟した果実を潰すような水音が立った。ぬるついた柔襞が指に絡みつき、きゅうっと締め上げてくる。その感触に興奮をおぼえ、湊士はつぶやいた。

「は、……すっごいな。中、ぬるぬる」

「あっ、あっ」

指を増やし、奥まで押し込んで、抽送を開始する。

内壁をなぞるようにしながら行き来させる指に、蠕動《ぜんどう》する襞がきつく絡みついてきた。断続的に締めつけがきつくなる様子が彼女が感じていることをつぶさに伝えてきて、上体を倒した湊士はブラのカップを引き下げ、先端に吸いつく。

「……ぁっ……湊士さん、待っ……っ……」

二箇所を同時に攻められた理央が切れ切れにそう訴えてきて、湊士は「ん？」と視線を上げる。

彼女が息を乱しながら言った。

「部屋、暗くして……っ」

「カーテンを閉めたって、外が明るいからあんまり変わんないぞ。それより集中しろ、ほら」

「んぁっ……！」

指で感じやすい奥を抉ると、隘路がきゅうっと窄《すぼ》まって締めつけてくる。

指でこんなに気持ちいいのだから、実際に挿れたらもっと天国を味わえるに違いない。そう考えながら胸の先端を舐めた湊士は、理央に「なあ」と問いかけた。

「指で達くのと俺ので達くの、どっちがいい？」

「えっ……」

「理央の好きなほうでしてやる」

すると指の抽送で喘ぎながら、彼女が切れ切れに答える。

「ぁっ……わかん、な……っ」

涙目とたどたどしい口調にぐっと心をつかまれた湊士は、おもむろに指を引き抜く。

そして手のひらまで濡らした愛液を舐め取り、自身が着ていたジャケットとカットソーを脱ぎ捨てた。そしてスラックスの前をくつろげ、いきり立った昂ぶりを取り出すと、それを見た理央がかあっと顔を赤らめる。

「……っ」

もう何度も抱き合っているのに、明るいところで性器を目にするのは恥ずかしいらしく、彼女が目をそらす。そんな初心な様子をおかしく思いながら、湊士はポケットの財布から避妊具を取り出し、自身に装着した。

そして理央の膝裏をつかんで屹立を蜜口にあてがうと、ぐっと体重をかけて中に押し入る。

「あ……っ」

濡れそぼったそこが剛直を包み込み、きつい締めつけに湊士は得も言われぬ快感をおぼえる。

一気に奥まで貫かれた彼女が目を見開きながら浅い呼吸をしていて、湊士はそれを見下ろしながら薄く笑んで言った。

「全部入ってるの、わかるか？　奥に当たってる……ほら」

「んぁっ……！」

「ここ、好きだろ」

切っ先でグリグリと子宮口を抉るようにする動きに、理央が高い声を上げる。

「や、ぁっ、……湊士、さん……そこ……っ」

「中、ビクビクしてる。挿れたばっかなのに、もう達きそうか？」

深く小刻みな律動を送り込むと、中が急速に窄まり、彼女がビクッと大きく身体を揺らして達した。

「あぁ……っ！」

昂ぶりを締めつける圧がきつく、湊士は顔を歪《ゆが》めて危うく射精しそうになるのをこらえる。

理央の身体が急速に弛緩していき、ぐったりした。そんな彼女の中でゆるゆると屹立を行き来させ、湊士はささやく。

「――動くぞ」

「あっ……」

絶頂の余韻を残してわななく隘路が心地よく、湊士は熱い息を吐きながら律動を開始する。

狭い内部を擦りつつ楔を打ち込むのは、腰が溶けそうなほど気持ちよかった。脱力した身体を何度も穿《うが》たれる理央は、されるがままだ。腰を打ちつけられるたびに彼女のつま先が揺れ、切れ切れの喘ぎが漏れる。

「はぁっ……あっ……あ……っ」

着衣を乱したその姿はしどけなく、しばらく律動で揺らした湊士は、理央の腕を引いてその身体を自身の膝の上に乗せた。すると自分の体重で深く剛直を受け入れることになった彼女が、小さく呻く。

「うぅ……っ」

そんな理央の後頭部を引き寄せ、湊士は唇を塞いだ。

口腔に深く押し入り、舌を絡める。キスの合間、熱を孕んだ吐息を漏らす理央の目は潤んでいて、その表情が征服欲を煽った。普段の明るい表情とは一変し、ベッドでは色気があるというギャップが、湊士を魅了してやまない。

キスを解いた湊士は、彼女のブラウスに手を掛けてそれを脱がせる。ブラも取り去ると形のきれいな胸が目の前で揺れ、弾力のあるふくらみをつかんで先端を舐めた。

「ぁ……っ」

先端に吸いついた瞬間、屹立を受け入れた隘路がきゅうっと締めつけてきて、甘い愉悦をおぼえる。両方の胸を交互に愛撫し、唇を離すと、つんと尖ったそこが唾液で濡れ光っているのが淫靡《いんび》だった。湊士は理央の尻をつかみ、再び律動を開始する。

「はっ……ぅっ、……ぁ……っ」

繰り返し楔を根元まで埋める動きに身体を揺らされ、彼女がこちらの首にしがみついてくる。向かい合って座る姿勢のせいで締めつけがきつく、気を抜けばすぐに持っていかれそうになるものの、密着する肌が心地いい。

気がつけば肌がじっとりと汗ばみ、息が乱れていた。思うさま突き上げ、理央を啼かせながら、湊士は吐息交じりの声でささやく。

「……っ、そろそろ達っていいか」

彼女が頷くのを見た湊士は、果てを目指して一気に律動を速めた。

「あっ！　……はぁっ……ぁっ……！」

愛液でぬるつく内部の締めつけが心地よく、じりじりと射精感が募る。

蠕動する柔襞を掻き分けて奥まで挿れるのは言葉にできないほどの快感で、達くことしか考えられない。理央の腰をつかみ、何度か深く剛直を埋めた湊士は、やがて最奥に切っ先をめり込ませて射精した。

「……っ」

「あ……っ」

薄い膜越しにドクリと熱を放つと、隘路がきつく締めつけてくる。

こみ上げる衝動のまますべて吐き出し、充足の息をついた。ほぼ同時に達した彼女がぐったりと肩にもたれ掛かってきて、その乱れた髪を撫でる。

「……平気か？」

気遣う言葉を投げかけた途端、理央が緩慢なしぐさで顔を上げ、息を乱しながらつぶやく。

「ひどい。このあと食事があるのに、髪もぐちゃぐちゃになっちゃった」

確かに彼女の髪はひどく乱れていて、汗だくだ。それを見た湊士は、噴き出しながら答える。

「夕食は六時で、まだ二時間ちょっとある。風呂に入って整えれば、大丈夫だ」

「…………」

「この部屋の風呂、温泉を引いてるらしいから一緒に入ろう。全身きれいに洗ってやるから」

「……うん」

＊＊＊

翌朝の七時に目が覚めたとき、理央は自分がどこにいるかわからなかった。

（そうだ、わたし……）

――栄基の客の通訳を務めたご褒美に、鎌倉に一泊で湊士の舞台を観に来た。

彼は「自分たちの新婚旅行のようなものだから」と言って、急な話だったにもかかわらず高級旅館を取ってくれ、今に至る。

ダブルサイズのベッドで、理央は湊士に背後から抱き込まれる形で眠っていた。彼はまだ寝息を立てており、理央はモゾモゾと寝返りを打って湊士に向き直る。

目を閉じている彼は、意外に睫毛《まつげ》が長かった。きれいに通った鼻梁に薄い唇、前髪が乱れ掛かる顔はひどく端整で、思わず見惚れるくらいに恰好いい。

昨日のことを思い出し、理央はじんわりと気恥ずかしさをおぼえた。この宿に来た直後、三つある部屋を見て回っていた理央は、寝室で湊士に抱かれてしまった。

明るいところでする行為は強い羞恥を伴ったものの、彼の情熱的な愛撫にいつしか我を忘れていて、思いのほか乱れたひとときだった。そのあとは一緒に風呂に入ったが、そこでもなし崩しに身体に触れられ、つい応じてしまった自分に忸怩《じくじ》たる思いがこみ上げる。

(いくら旅行だからって、箍《たが》が外れすぎでしょ。……結局、夜もしたし)

だが料理自慢のオーベルジュなだけあって、モダンイタリアンの夕食は素晴らしかった。

カウンター席ではオープンキッチンでの作業を割烹《かっぽう》さながらに眺めることができ、相模湾《さがみわん》の海鮮や鎌倉野菜を中心にした料理が出来上がっていくのを見ながらワインを愉しんで、充実したひとときを過ごした。

わずか一泊だが、自分のためにいい宿を押さえてくれた湊士に、理央は甘酸っぱい気持ちでいっぱいになる。

(わたし、湊士さんにすごく大事にされてる。最初こそ偽装結婚だったけど、今は本当の恋人同士みたい)

湊士に「理央を一人の女性として好きで、この先の人生を夫婦として一緒に暮らしていきたいと思っている」と言われたとき、すぐにＯＫの返事ができなかった。

そもそも自分たちの関係は恋愛で始まっておらず、入籍は酔った勢いでしたものだ。一年で別れるという約束の〝偽装結婚〟だったからこそ、これまで居心地がいいとはいえない花宮家で頑張れていたといえる。

だがそれがこの先一生となると、相応の覚悟が必要になるはずだ。能楽師、しかも次期宗家の妻が自分に務まるのか――そう考えた途端、尻込みしたい気持ちがこみ上げていた。

（でも……）

こちらに想いを伝えてきてからの湊士の細やかさ、自分に向ける愛情に、理央は次第に絆《ほだ》されつつある。

彼の言動には気遣いが溢れ、忙しい仕事の合間を縫ってわずかな時間でも理央を外に連れ出してくれる。それが自分への好意からくるものだとわかっているだけに、理央は戸惑いとときめき、両方の気持ちをおぼえていた。

極めつきが、今回の一泊旅行だ。花宮家から離れて羽を伸ばせるのは初めてで、理央は「せっかく来たのだから、思いきり楽しもう」と考えてはしゃいでしまったが、湊士は嫌な顔ひとつせずつきあってくれた。

彼と過ごす時間は、自然体でいられて楽しい。もしかすると自分たちは、かなり気が合うのかもしれないと最近の理央は感じている。

そんなことを考えていると、ふいに湊士が閉じていた瞼《まぶた》を開ける。そしてドキリとする理央に対し、少しかすれた声で言った。

「……おはよう」

「お、おはよう」

「ずっと俺の顔を見てたから、キスしてくれるかもしれないと期待してたのに。全然だったな」

どうやら彼は、少し前から起きていたらしい。寝起きの湊士はどこか気だるげな雰囲気で、乱れた髪と裸の上半身にひどく色気があった。理央はどぎまぎして答えた。

「そ、そんなのしないし。何言ってるの」

すると理央の言葉を聞いた彼がおもむろに顔を寄せ、こちらの唇に触れるだけのキスをする。そして思わず顔を赤らめる理央の頭を自分の肩口に抱き寄せると、髪に鼻先を埋めながらぼやく口調で言った。

「起きるのが勿体ないな。こうして一週間くらい、理央とのんびり過ごせたらいいのに」

「そんなの、わたしの身が持たないから」

湊士に抱き寄せられたまま昨日からの行為の回数を当て擦ると、彼が噴き出して言う。

「あれでもだいぶ手加減してたんだけどな。寝てチャージされたし、早速これからしようか」

そう言って半ば兆したものを腰に押しつけられ、理央は慌てて言う。

「駄目だよ。今日はこれから大浴場のお風呂に入って、豪華な朝ご飯を食べるんだから。それに湊士さんは、お昼から舞台でしょ」

「大浴場か。そういえば、昨日は部屋の内風呂にしか入ってないもんな」

その後、理央は開放感あふれる大浴場で朝風呂を満喫し、豪勢な朝食に舌鼓を打つ。

宿をチェックアウトしたあとは報国寺《ほうこくじ》で美しい竹林を眺め、近代美術館でアート鑑賞をした。そして少し早い昼食を取ったあと、今日の舞台の場所である鎌倉能舞台に向かう。

「俺はもう楽屋入りするけど、このあとは一人で大丈夫か？」

「うん。わからないことは、自分で調べるから平気」

彼が「そうか」と言って去っていこうとして、理央は「湊士さん」と呼び止めた。

「ん？」

「あの、舞台頑張ってね」

すると湊士が笑い、自信を漲らせた表情で答えた。

「――ああ」


能楽は専門用語が多く、事前に勉強しないと理解しづらいことから、最近は観客にタブレットが配られている。

あらすじや登場人物紹介が表示され、シーンに合わせた解説が配信されるシステムになっていて、内容が理解しやすいというメリットがあり、新たな鑑賞スタイルとして推奨されていた。

今回の演目である〝井筒〟は、伊勢物語《いせものがたり》の第二十三段〝筒井筒〟が典拠《てんきょ》となっていて、かつて井戸の脇で背比べをしていた男女の幼馴染が年頃となり、歌を贈り合って晴れて夫婦になるという純愛物語だ。能楽では二人が没したあと、旅の僧が紀有常《きのありつね》の娘の霊と語らうというストーリーになっている。

揚幕の向こうで囃子方の最終調整である〝お調べ〟が始まり、やがて囃子方が揚幕から、地謡は舞台右袖の切戸口《きりどぐち》から出てきて配置につくのを、理央は見所《けんしょ》と呼ばれる客席から見守った。

寂寥《せきりょう》感漂う笛の音が響き、ワキ、つまりシテの相手役である旅の僧が現れて、かつて在原業平《ありわらのなりひら》と紀有常の娘が夫婦として住んでいたという在原寺《ありわらでら》に向かう。すると秋の夜のうら寂しい情景を表す謡の中、花が入った手桶と数珠を持った里の女、つまり前シテが現れ、理央はドキリとして息をのんだ。

(湊士さんだ……)

彼は若女の面をかけ、唐織着流女出立《からおりきながしおんないでたち》という装束で、草花をあしらった秋色の着物が美しい。

里の女は僧に対して自分が業平に所縁のある人物だと名乗り、昔を懐かしむ様子を見せた。湊士のしぐさはしとやかな女性そのもので、その楚々《そそ》とした様子に理央はすっかり感心してしまう。

やがて僧が業平について語るように女を促し、シテがそのままの姿勢でしばらく動かなくなる〝居グセ〟の場面になった。

湊士いわく、シテは基本的に正座をしないそうで、左膝を軽く立て、右膝は折り曲げつつつま先を立てた〝下居《シタイ》〟という座り方をするのだという。仕舞を始めるときにもする〝いつでも立ち上がれる〟ポーズで、井筒のときにはより腰を落とした〝トクト下居〟という座り方をするらしい。

実際にやってみるとブレずに姿勢をキープするのがとても難しく、苦手とする演者も多いらしいが、湊士は難しいポーズを端然と保ったまま地謡と交互に語る長丁場をこなし、理央はその姿に見惚れてしまった。

(あんなに難しい姿勢をキープしながら役になりきれるなんて、湊士さんってすごい演者さんなんだ。面をかけているせいもあるけど、もう女の人にしか見えない)

やがて里の女は、業平の有名な和歌〝筒井筒　井筒にかけし　まろがたけ　生ひにけらしな　妹《いも》見ざる間に〟を贈られた紀有常の娘が自分であると僧に明かし、静かに消えていく。

シテが中入すると、アイ、つまり狂言方が能の中で演じる里の男が現れ、業平と紀有常の娘についてわかりやすく観客に語ったあと、僧に二人の弔《とむら》いをするように勧めた。

僧が眠りについた夜更け、一声の囃子で、出立を変えた後シテの紀有常の娘が登場する。このときの湊士は若女の面をかけ、初冠長絹女出立《ういかんむりちょうけんおんないでたち》という装束で、恋しい男を待ち続け、彼の形見となってしまった冠と直衣《のうし》を身に着けた女の姿だ。

湊士が扇を開き、ゆっくりと序ノ舞を舞い始める。それは業平との幸せだった日々を懐かしむ切ない舞で、十五分という長さを感じさせないくらいに幻想的で美しく、まさに〝幽玄〟を体現していた。

ゆったりと流れる時間の中、一心に業平を想う有常の娘のいじらしさが胸に迫り、気づけば理央は涙ぐんでいた。終盤、地謡とシテが再び謡う筒井筒の歌の中で、地謡による「生ひにけらしな」という言葉のあとは「妹見ざる間に」ではなく、シテの「老いにけるぞや」という口上に変わっていて、恋が成就した日が遠い昔になってしまったことを示し、物悲しい雰囲気が最高潮になった。

舞い終わると、シテは舞台の真ん中に置かれた〝井筒〟、つまり井戸の作り物へと歩み寄る。そして扇で井戸に被さったススキを払い、業平の衣を纏った自身の姿を水鏡に映して、「見ればなつかしや」とつぶやいた。

水面《みなも》に映っているのは自分の姿だとわかっていながらも、そこに愛した人の面影を見出《みいだ》そうとする――その姿には物悲しさといじらしさがにじみ、形容しがたい感情が理央の中にこみ上げた。

やがてシテが静かに退場していき、舞台には長い余韻が残る。拍手はなく、会場内はしんと静まり返り、観客は秋のうら寂しさと失くした恋の悲しみを、しみじみと味わっているようだった。

後見が作り物を片づけ、地謡と囃子方が退場した頃、ようやく観客たちがポツポツと帰り支度を始める。席に座ったままの理央は、ほうっと感嘆のため息をついた。

（すごかった。湊士さん、あんなふうに演じるんだ……）

湊士の所作、朗々と響く張りのある声、舞の素晴らしさは圧巻で、カルチャーショックだった。

周囲の観客たちも「よかったね」「さすが次期宗家だ」と口々に感想を言い合っていて、そんなふうに評価される彼を誇らしく思う。

念願の湊士の舞台を目の当たりにして、理央の中には強い想いが芽生えていた。

（わたし……湊士さんが好きだ。能楽師としてあんなふうに役を演じられる彼を、心から尊敬する）

これまでも彼が能楽師だということはわかっていたが、実際に舞台を観たことはなく、シテとしての実力はわからないままだった。

だが初めて鑑賞した今、あんなふうに演じられるようになるまでの血のにじむような努力、そして次期宗家としてのプライドを如実に感じ、胸が熱くなっている。

これからも、湊士の傍にいたい。そして彼を支えられるようになりたい——そんな思いが胸に渦巻くものの、花宮家の人間としてやっていくのを考えると途端に怖気《おじけ》づいてしまい、後ろ向きな気持ちが心を満たした。

（湊士さんの傍にいるってことは、次期宗家の妻になるっていうことだよね。お義母さんの毎日の大変さを見てると、わたしにはすごく荷が重い）

ため息をついた理央は席を立ち、帰り支度をする。湊士とは午後四時に建物の前で待ち合わせをしており、一緒に東京に帰る予定でいた。

外に出ると秋の空気が全身を包み込み、涼しい風が吹き抜けて後れ毛を揺らす。歩いて数分のところにあるカフェに入り、キャラメルバナナマフィンとコーヒーをオーダーした。

そしてスマートフォンを開き、先ほどの舞台の内容を調べて余韻に浸りつつ、これから自分がどうするべきか考える。

湊士を好きな気持ちは確かにあるが、まだ〝妻〟となる覚悟がない。そんな本音を伝えれば彼はがっかりするかもしれず、なかなか口に出す勇気がなかった。

(もう少し時間が必要なのかな。花宮家でお義母さんの手伝いをきちんとこなせるようになって、自信がつけば、おのずと覚悟が決まるのかも)

それまでは、湊士と恋人のような関係を楽しんでもいいのかもしれない。

そんなふうに結論づけた理央は、コーヒーを一口飲む。そしてホッと息をつき、再びスマートフォンに目を落とすと、舞台の余韻に没頭した。

第八章

鎌倉で行われた花宮流十月例会は、盛況のうちに終わった。

客入りは上々で手ごたえを感じていたが、湊士にとって特別だったのは、その日理央が観にきたことだ。外国人の賓客の通訳を務めたご褒美として、彼女が「湊士さんの舞台を観てみたいです」と言ったのだと聞いたときは、面映ゆさをおぼえた。

いつも舞台には全力投球しているが、彼女が見所にいると思うだけで気合が入り、〝井筒〟のシテは我ながら会心の出来栄えだったと思う。現に舞台のあとに会った理央は、興奮気味に「すごかった」「舞が本当に美しかった」と絶賛してくれ、湊士は大いに満足した。

昨日の夜に彼女と東京に戻ってきた湊士は、今日は朝から花宮流能楽堂に来ている。一人で舞の練習をし、一時間半ほど経ったところで終えて、事務所に入った。汗を拭きながらパソコンで今後のスケジュールを確認していた湊士は、小さく息をつく。仕事は順調だが、しばらく前から心に引っかかっていることがあった。

（最初は鬘《かずら》を着けるときに使う下掛けの紐、そのあとは裁縫道具が入った針だとう、、、頼んだはずのワキ方が、勝手にキャンセルされていたこともあった。……明らかに、誰かに嫌がらせをされている）

舞台の本番当日、身の回りのこまごまとしたものが紛失し始めたのは、三ヵ月ほど前からだった。最初は内弟子の永津が忘れてきたのだと思い、「気をつけてくれ」と注意したものの、彼はまったく心当たりがないという。

（一体誰がやってるんだろう。まあ、俺の立場はだいぶやっかまれているとは思うが）

シテ方花宮流宗家の息子である湊士は、出自的にかなり恵まれている。

歩けるようになった二歳から稽古を始め、三歳になってすぐ〝鞍馬天狗《くらまてんぐ》〟で初舞台を踏んだあとは、天性の勘のよさから子方として引っ張りだこになった。声変わりをきっかけに子方を卒業したあとは、街中でスカウトされてファッション雑誌のモデルをしたり、能楽師になったあともテレビドラマに出演したりしていたため、「浮ついている」と思う者も一部いるようだ。

加えて二十八歳の若さでシテの舞台をいくつもこなしているのも、おそらくやっかみの対象なのだろう。つまり自分に嫌がらせしたいと考えている人間は大勢いるはずで、湊士の気鬱の種になっている。

（一樹が気をつけていても、彼もいつも楽屋にいられるわけではない。今は小物程度の紛失で済んでいるけど、これがエスカレートするとまずいな）

楽屋は多くの人が出入りするため、誰がやったのかという的が絞れない。永津と情報を共有し、極力私物から目を離さないようにしてもらっているものの、もう三度も物がなくなっている。仕事が順調な一方、誰かに恨まれているという事実は、湊士の胸に抜けない棘《とげ》のように突き刺さっていた。

(気にしすぎるのも、あまりよくないのかもしれないけどな。今は自分の仕事を、ひとつひとつミスのないようにこなしていくしかない)

そう結論づけた湊士は、そのあと能楽堂にやって来た永津の謡の練習につきあう。

そして午後五時半に自宅に戻ると、敷地内には車が何台も停まっていた。今日は屋敷の一室で、亘輝が花宮流の若手能楽師たちを集めて勉強会をしている。

「一樹、お前も兄さんのところの勉強会に顔を出したらどうだ」

「そうですね。途中からになりますけど、末席でお話を聞かせていただきます」

永津が定位置に停車するのと同時に、別の黒塗りの車が敷地内に入ってくる。そこから降りてきた女性を見て、彼が目を輝かせた。

「湊士さん、あれ、美織さんじゃないですか?」

「美織?」

湊士が視線を向けると、そこには小花柄のワンピース姿の女性がいた。年齢は二十代前半から半ばくらいに見え、ほっそりと華奢な体型をしている。背中の中ほどまでのまっすぐな黒髪はハーフアップにされ、透明感のある肌と赤い唇、長い睫毛に縁どられた目など、どこか和の雰囲気を感じさせる清楚な美貌の持ち主だ。

彼女――遊馬《あずま》美織は、湊士の姿を見つけて笑顔で言う。

「こんにちは、湊士さん、永津くん」

「しばらくぶりだな」

「演奏活動でアメリカに行ったりと、忙しくしていたから」

美織は琴の演奏者として活動しており、その美貌でメディアに取り上げられることもしばしばあった。彼女が手土産らしい紙袋を手に、にこやかに言う。

「今日は久しぶりに、おじさまとおばさまにお会いしたくて来たの。中に入ってもいいかしら」

「ああ。今は兄さんが若手を集めて勉強会をしているから、ちょっとにぎやかかもしれないが。どうぞ」

玄関の引き戸を開けると、三和土《たたき》にはたくさんの靴が並んでいて、奥から理央が出てくる。てっきり湊士と永津が戻ってきたのだと考えていたらしい彼女は、美織の姿を見て驚いた顔で言った。

「湊士さん、そちらの方は……」

「理央さんですか？　私、遊馬美織と申します。結婚式のときは仕事の都合でお伺いできなかったのですけど、湊士さんとは昔から仲よくさせていただいています」

彼女の言葉を聞いた理央は戸惑った表情をしながらも、丁寧に答える。

「そうですか、いらっしゃいませ。あの、お義母さまのところには今、神野《じんの》夫人が見えられていて」

「あら、神野のおばさまなら、私もお会いしたいわ」

ニッコリ笑った美織が「お邪魔します」と言って靴を脱ぎ、勝手知ったる足取りで奥へと向かう。

それを見送った理央が、こちらを見て小声で問いかけてきた。

「ご案内しなくて大丈夫なの？」

「美織については、特別なもてなしなどはいらない。昔から出入りしてるし、うちの親に会いに来たんだから、放っておいていい」

そう言って湊士は階段から二階に上がり、寝室で着物を脱ぐ。着替えを手伝い、脱いだ着物を専用のハンガーに掛けた理央が、心配そうな顔になって告げた。

「湊士さんは『放っておいていい』って言うけど、何かお手伝いできることがあるかもしれないから、わたし、階下《した》に行ってくるね」

「あ、理央、ちょっと」

湊士が呼び止めたところ、彼女は「何？」と言ってこちらを見る。

その腰を抱き寄せ、唇に触れるだけのキスをした湊士は、ニヤリと笑って言った。

「〝おかえり〟のキスを、まだしてもらってなかったなと思って。ご馳走《ちそう》さん」

「そんなの、いつもしてないでしょ。……馬鹿」

じんわりと頬を染めてつぶやいた理央が、手を振り解いて寝室を出ていく。それを笑って見送り、閉まったドアを見つめた湊士は、ほんの少し疲れをおぼえて小さく息をついた。

(私物の紛失については、父さんには話せない。なるべく目を離さずに自衛して、様子を見るしかないか)

一人で抱え込んでいるわけではなく、永津が事情を知って協力してくれているのが、まだ救いだ。

寝室を出た湊士は、隣にある書斎に向かう。そしてメールのチェックをするべく、パソコンの電源を入れた。

＊　＊　＊

寝室を出た理央は、階段に向かって廊下を歩く。

たった今湊士にされたキスの感触がまだ唇に残っていて、じんわりと頬を赤らめた。

(湊士さん、鎌倉から帰ってきてからスキンシップが多くなった。……やっぱり二人きりで過ごしたことで、親密さが増したのかな)

突然抱き寄せられたり、キスされたりすると反応に困るものの、決して嫌ではない。

だがこの先もずっと〝花宮家の嫁〟を続けていく覚悟はまだ決まらず、そんな自分に忸怩たる思いがこみ上げていた。しかしそもそもが恋愛から発展した結婚ではないため、やはり時間が必要なのかもしれない。

あの通訳の件があって以降、義両親の態度が幾分和らいだ感じがしていた。この調子で努力を続け、花宮家の居心地がよくなれば、いずれ前向きな気持ちが湧いてくるような気がする。

階段を下りた理央は、ふと応接間のほうから華やいだ笑い声が聞こえてくるのに気づいた。部屋からは義母の由香子と客の神野夫人、そして先ほどやって来た遊馬美織という女性の話し声が聞こえ、三人は仲よく歓談しているようだ。

(あの美織さんっていう人、すごくきれいだった。ほっそりして、まるでお人形さんみたいで)

湊士と一緒に入ってきたとき、美織の手がさりげなく彼の肘に触れているのが見えて、理央はドキリとした。

聞けば彼女は昔から足しげくこの屋敷を訪れているらしく、幼馴染のような関係らしい。由香子だけではなく神野夫人とも親しいようで、理央は何となく疎外感をおぼえた。

(わたしは元々部外者なんだから、仕方ない。無理に割り込もうとしないほうがいいよね)

踵を返し、台所に向かった理央は、夕食の支度をしている家政婦たちに「何かお手伝いすることはありますか」と問いかける。すると一番年嵩の吉野が答えた。

「私たちだけで大丈夫ですので、若奥さまはどうぞくつろいでいらっしゃってください。お茶をお持ちいたしましょうか」

「いえ。ではわたしは西側のお部屋でお礼状を書いていますから、何かあったら呼んでください」

「わかりました」

台所を出て廊下を曲がり、西側の和室に入った理央は、そこで花宮流十月例会を訪れてくれた義両親の知人に筆ペンでお礼状を書く。

由香子いわく、印刷ではなくきちんと肉筆で書くことが、この家の伝統らしい。現に彼女も忙しい合間を縫ってせっせとお礼状書きをしており、理央も時間が空いたときに筆ペンを取ることが日々のルーティンになっていた。

(肉筆だと間違ったら書き直しになるから、本当に大変なんだよね。でも、こうして手間暇をかけることで、相手に伝わる真心もあるんだろうな)

文字を書くことに集中し、理央はお礼状を書く。

幼い頃から書道を習っていたおかげか、由香子に文字を注意されたことはない。彼女ほど流麗な手蹟《しゅせき》ではないものの丁寧にしたため、住所と名前が間違っていないかを確認した上で二通目に取りかかろうとしたとき、ふいに澄んだ声が響いた。

「こちらにいらっしゃったんですね。お礼状書きですか？」

驚いて顔を上げると、襖のところに美織が佇んでいる。彼女が言葉を続けた。

「ごめんなさい、図々しくお声をおかけして。理央さんがいつまでもいらっしゃらないことが気になって、お手洗いに行くふりをして抜けてきたんです。ご迷惑でしたか？」

「そんな、とんでもありません」

理央は筆ペンを置き、慌てて答えた。

「皆さんで和やかにご歓談されておりましたので、わたしが途中で割り込むのは失礼かと思い、遠慮させていただいたんです。決して他意はございませんし、このとおりお礼状を書くという作業が残っていたため、こちらの部屋におりました」

するとと美織が「そうなんですね」とつぶやき、じっとこちらを見つめてくる。

その眼差しに戸惑い、理央は彼女に問いかけた。

「あの……？」

「不躾に見つめてしまって、ごめんなさい。理央さんがすごくおきれいな方なので、つい」

自分よりよほど可憐《かれん》な容姿をしている美織にそんなことを言われ、理央はひどく戸惑う。彼女がやるせなく笑い、つぶやいた。

「こんなに素敵な方だから、湊士さんは私じゃなくあなたを結婚相手として選んだんでしょうね。

……やっぱり会いにこなければよかった」

「えっ？」

美織の言葉の意味がわからず、理央が問い返そうとした瞬間、廊下のほうから「あっ」という声がする。

「美織さんじゃないですか。いつこちらに？」

廊下がにわかに騒がしくなったのは、亘輝の勉強会が終わって若手能楽師たちが部屋から出てきたからだ。彼らは口々に美織に声をかけていて、彼女がニッコリ笑って答える。

「十五分ほど前に来たんです。皆さん、とてもお元気そうですね」

能楽師たちは明らかに色めき立ち、楚々として美しい美織を囲んでちやほやしている。

二時間ほど前に彼らがこの屋敷を訪れたとき、理央に対しては至って淡白な態度で、その違いは顕著だった。部屋から出てきた亘輝が、能楽師たちに声をかける。

「ほら、廊下で立ち止まらず、早く大広間に移動するように。美織さん、来てたんだ」

「亘輝さん、こんにちは」

彼は美織を見つめ、にこやかに言う。

「今まで勉強会をしていたんだけど、これから大広間で少し仕舞の練習をすることになったんだ。よかったら美織さんもどうかな」

「あら、皆さんの仕舞、見てみたいわ」

するといの能楽師たちが喜び、連れ立って屋敷で一番大きな広間へと移動していく。最後に残っていた永津がそれを見送り、呆れた顔で言った。

「皆、美織さんに気があるのがあからさますぎますよね。すみません」

「ううん。あの、美織さんって……」

「彼女は、囃子方の遊馬流宗家のお嬢さんなんです。昔からあちこちの能楽堂や花宮家にも出入りしていて、あのとおりすごい美人なので、若手能楽師たちの憧れの存在っていう感じです」

確かに先ほどの能楽師たちの態度は、彼女への好意が丸出しだった。永津が「それで、あの」と言いよどむ。

「何？」

「実は美織さん、ずっと湊士さんの婚約者候補の筆頭だったんです。子どもの頃から湊士さんへの好意を隠さなくて、周りも自然とそういう目で見ていました。でもツレ方の大御所である胤森さんが『自分の姪はどうだ』って横槍を入れてきて、美織さんは湊士さんに自分を選んでほしいって思っていたみたいです。でも突然理央さんと入籍してしまい、周囲には驚きを持って受け止められました」

実は美織が湊士の婚約者候補だったと知り、理央は驚きに目を瞠る。

先ほど彼女が言った、「こんなに素敵な方だから、湊士さんは私じゃなくあなたを結婚相手として選んだんでしょうね」「やっぱり会いにこなければよかった」というつぶやきが耳によみがえり、何となく腑《ふ》に落ちた気がした。

（あの人はきっと、湊士さんの〝妻〟がどんな人間なのかを確かめに来たんだ。それでわたしに、あんなことを……）

もしかして美織は、まだ湊士を諦めていないのだろうか。

そもそも彼は、理央に偽装結婚を持ちかけた理由を「子どもの頃、自分に恥をかかせた相手との見合いを断れない筋からゴリ押しされていて、それを回避するためだ」と説明していた。

それが胤森という人物なのは義両親の話からも聞いて知っているが、美織の話はこれまで一度も聞いたことがない。

（湊士さんは、わざと美織さんの話をわたしにしなかったのかな。だとしたら、その理由は何……？）

理央の目から見た彼女は、清楚で美しくおしとやかな女性だ。能楽に関わる家に生まれ、琴の奏者として活躍しており、由香子や客人の夫人とも仲よく話す如才なさもある。そんな美織が傍にいたのに、わざわざ自分を選んだ理由は何だろう。

理央がそんなふうに考え込んでいると、永津が慌てた表情になって言った。

「すみません、ちょっと喋《しゃべ》りすぎちゃったかもしれないですね。でも能楽師たちの間では、理央さんを『美織さんを押しのけて、湊士さんと結婚した』って考えている人間もいるみたいで、一応事情を耳に入れておいたほうがいいと思ったんです。出すぎた真似をして、すみません」

「ううん。永津くんが話してくれて、助かった。外から入ってきたわたしに、わざわざそういうことを教えてくれる人はいないから」

彼はチラリと大広間のほうを見やり、申し訳なさそうな目で理央を見た。

「僕、もう行かないと。失礼します」

「うん。頑張ってね」


その日の夜、入浴を済ませた湊士が寝室に入ってきたタイミングで、理央は彼に向かって切り出した。

「今日遊びに来た美織さん、すごくきれいな人だね。お琴の演奏家だって聞いたけど」

「ああ。彼女は小鼓の遊馬流宗家の娘で、昔から習っていた琴で才能を発揮し、今は演奏家として活動してる。和の楽器は外国での受けがいいらしくて、向こうでの公演も多いみたいだ」

湊士の受け答えは至って普通で、あっさりしている。理央は「あの」とつぶやき、気になっていたことを口にした。

「実はわたし、美織さんが湊士さんの婚約者候補だったたって話を聞いたの。あんなにきれいな人が傍にいたのに、どうしてわたしと結婚したの？」

するとと彼が眉を上げ、胡乱《うろん》な顔になって答える。

「その話を聞かせたのは、一樹か？」

「……うん」

「あいつ、余計なことを……。美織のことは物心ついたときから知っていて、いわゆる幼馴染だ。彼女は父親の楽屋に出入りしたり、うちにも頻繁に来ていたから、俺と〝そういう仲〟なんじゃないかって目で見る人間は一定数いた。でも俺は、彼女を異性として見たことはない」

湊士はそこで一旦言葉を切り、再び口を開く。

「この一年くらいは持ち込まれる縁談が増えて、両親が俺の結婚相手について具体的に考え始めていたのは確かだ。その候補の中に美織がいたこともあったけど、いろいろあって結局立ち消えになった」

その〝いろいろ〟という部分が気になったものの、彼は語ろうとしない。要は義両親が婚約者候補を何人かピックアップしていたが、お眼鏡《めがね》には敵わなかったということだろうか。

（そのわりには、お義母さまと仲がよさそうにしていたけど……。わたしが知らない事情があるの

かな)

そんなふうに考える理央をよそに、湊士が言った。

「そもそも俺には結婚願望がなくて、どうしても誰かと結婚しなければならないのなら、この業界のしがらみがない理央としたほうが気楽だった。遊馬家も胤森家も、どちらかを取れば選ばなかったほうと角が立つ。仕方がないこととはいえ、無駄な軋轢を生むことは避けたかった」

いかにもビジネスライクに自分との結婚を選択したのだと言われ、理央の心がシクリと疼く。

確かに最初の段階で彼はそう言っていて、自分たちは〝偽装〟で結婚した。わかっているはずなのに、今は彼の口からそれを言われるとモヤモヤする。

(それに……)

美織が別室にいた自分をわざわざ探し出し、あんな発言をしたということは、以前湊士と特別な関係にあったからではないのか。今はともかく過去にそういうことがあり、彼女が諦めきれていないのだとしたら、話はだいぶ違ってくる。

(もしかすると湊士さんと美織さんの間で何らかの行き違いがあって、婚約の話が流れたのかもしれない。そのあとに胤森さんから縁談を持ち込まれて、どうしようかと悩んでいたところでたまたまわたしと出会って、勢いで入籍した……)

急に自分と湊士との関係が薄氷のように脆《もろ》いものに思え、理央は心が冷えていくのを感じる。

酔った勢いで結婚してしまったが、その時点では恋愛感情は一切なかった。一緒に暮らしていく中で徐々に惹かれていったものの、自分たちは出会って三カ月半しか経っていない。

知り合う前の湊士の素行はわからず、美織とつきあっていた可能性は充分ある。いかにも未練たっぷりな様子だった彼女の様子からすると、あまりいい別れ方ではなかったのかもしれず、わざわざ自分に会いに来たことがまるで宣戦布告のように思えた。

「理央、どうした？」

押し黙ったままでいると湊士が問いかけてきて、理央は慌てて答える。

「そ、そうなんだ。確かに縁談を断られた相手は面白くないだろうし、どっちを取っても角が立つよね。その点わたしはまったく能楽に関係ない人間だから、一番よかったのかも」

「…………」

「ごめん、ちょっと頭痛がするから、もう寝る」

そう言ってベッドに入ろうとする理央の手を、彼が咄嗟につかんでくる。

「大丈夫か？　薬を持ってこようか」

「平気。たぶん、一晩寝れば治るし」

それでも心配になったのか、湊士は理央の身体を抱き込んで横になり、「もし夜中につらくなったら、俺を起こせよ」と言ってくれた。

そのまま就寝したものの、翌日になっても理央の気鬱は晴れない。気がつけば湊士と美織の関係についてばかり考えてしまい、ため息が漏れる。今日は由香子が午後から外出し、屋敷に残った理央はせっせとお礼状を書いていた。すると廊下から、亘輝が部屋を覗き込んでくる。

「理央さん、探したよ。ここにいたんだ」

「おかえりなさい、亘輝さん」

今日の彼は、テーラードジャケットに白のカットソー、グレーのセンタープレスのパンツという清潔感のある恰好だ。理央は筆ペンを座卓に置き、彼に問いかけた。

「何かご用ですか？」

「ああ、いや。母さんが外出中だっていうから、息抜きにおやつでもどうかと思って。百貨店で限定のマロンパイを買ってきたんだ」

わざわざお茶に誘ってくれた気持ちがうれしく、理央は「では、いただきます」と答える。

家政婦が温かい日本茶を運んできてくれ、座卓の上を片づけた。皿に盛りつけられた小さなパイを黒文字で切って口に入れると、サクサクのパイ生地と栗のほっくりした甘さがマッチし、何ともいえず美味しい。理央は笑顔で言った。

「すっごく美味しいです。バターの香りと栗の甘みが合っていますね」

「理央さんが、甘いもの好きでよかった。何を買ったら喜んでくれるかなって、実は結構悩んだんだ」

亘輝がわざわざ自分のためにスイーツを買ってきてくれたのだと知り、理央は驚きをおぼえる。思わず黒文字を皿に置き、彼に向かって言った。

「わざわざ買ってきてくださったんですか？　そんなお気遣いいただかなくてよかったのに」

「可愛い義妹《いもうと》のために、たまにはね」

亘輝が自分を〝義妹〟と呼んでくれ、理央の心がシクリと疼く。

昨夜から自分の立場の微妙さを痛感していて、些細《ささい》な言葉に敏感になっているようだった。理央は内心のモヤモヤを誤魔化すように、努めて明るく言った。

「このあいだの鎌倉公演、亘輝さんは地謡で舞台に座ってらっしゃいましたよね。紋付袴がよく似合っていて、素敵でした」

「ああ、理央さんは初めて生で能楽を鑑賞したんだっけ。どうだった？」

彼の問いかけに、理央は勢い込んで答える。

「本当にすごかったです……！　謡の声の迫力はもちろん、装束が想像以上にきらびやかで。それに、やっぱり湊士さんの演技が素晴らしかったです」

理央は湊士の些細なしぐさにも女らしさが溢れていたこと、張りのある声がとても聞きやすかったこと、そしてクライマックスの井戸を覗き込むシーン、物悲しさを醸し出す姿が胸に迫ったことなどを興奮気味に話す。するとそれを聞いた亘輝が、微笑んで言った。

「湊士は舞台に上がるたびに、どんどん上手くなってるからね。彼の年齢で、あそこまでシテを務めている演者はいないよ。何しろ子方のときから頭ひとつ抜きん出ていて、今やもっとも期待されている若手能楽師だから」

「そうなんですか？」

彼いわく、湊士の初舞台は三歳になったばかりのときだったが、よく通る声とその整った容姿に観客は釘付けになったらしい。

子方としてデビューしてもただ長袴を穿いて座っているだけという子も多い中、彼は覚えのよさから〝安宅〟〝隅田川《すみだがわ》〟などで次々と役がつき、瞬く間に人気になったという。

「〝舞囃子〟といって、演目のクライマックス部分のみを舞う、いわゆるダイジェスト版の上演形式があるんだけど、湊士が六歳くらいのときに〝春日明神《かすがみょうじん》〟の舞囃子をやる機会があったそうなんだ。まだ見所もざわついているような状態のとき、切戸口から地謡と囃子を連れた紋付袴姿の湊士が現れて、それを見た観客が思わず『可愛い』と言ってしまったらしい」

六歳といえば小学校に入学したばかりで、そんな年齢の子どもが黒紋付袴で現れたら、確かに観客は微笑ましい気持ちになるだろう。理央がそう考えていると、亘輝が言葉を続けた。

「すると彼は見所を鋭い眼差しで一瞥して、気圧された観客がしんと静まり返ったんだって。その後、湊士は〝春日明神〟を一人で見事に舞い、笑顔ひとつ見せずに舞台から去っていったそうだ。

それを見た観客のあいだで、『花宮流宗家の息子は、あんなに幼いのに能楽師としての矜持《きょうじ》がある』と話題になり、彼が子方として出る舞台のチケットが飛ぶように売れるようになったというのは、今も語り草になっているよ」

「……すごいですね」

三歳で初舞台を踏み、わずか六歳で能楽師としてのプライドを持っていたのだと聞くと、つくづく湊士は非凡な才能の持ち主なのだと理央は考える。

亘輝がお茶を一口啜り、湯呑みを茶托に置きながら、どこかやるせない表情で言った。

「子方は何歳から稽古を始めるかで、経験値に格段の差がつく。でも、やっぱり持って生まれた才能っていうのもあると思うんだ。湊士は紛れもなく天賦の才能の持ち主で、僕とは根本的に違うんだって、つくづく感じるよ」

「……亘輝さん」

それを聞いた理央は、以前湊士が「一歳年上の兄が一人いるが、父の後を継ぐのは自分だ」と言っていたのを思い出す。

理由を尋ねると、彼はさらりと「演者としての実力で」と答えた。聞けば父親の栄基が結婚前につきあっていた女性が秘密裏に亘輝を出産しており、彼女が亡くなって花宮家に引き取られたのは七歳のときだったと言っていた。

（湊士さんが二歳で能楽の稽古を始めたのに対し、亘輝さんは七歳。五年間の差はすごく大きいだろうし、兄なのに才能が違いすぎて太刀打ちできないと考えるのって、結構きついだろうな）

なまじ同じ能楽師という職業なだけに、実力の差を如実に感じるのは精神的に苦しいことかもしれない。そんなふうに考える理央を見つめ、亘輝が苦笑して言った。

「湊士との才能の差については、僕は何とも思ってないから気にしなくていいよ。ここまで差があると、もうやっかむ気も起きない」

「そんな……」

「それより湊士の裏話なら、他にもいろいろあるんだ。またこうしてお茶でも飲みながら話してあげるから、楽しみにしてて」

「いいんですか？」

思いがけない提案に理央が驚いて問い返すと、彼が「もちろん」と頷く。

「湊士の話以外でも、能楽のこととか関係者のこととか、知りたいことがあったら何でも答えるよ。どこそこの御大は気難しいとか、知っておいたほうがいい内容もあるしね」

――その日を境に、理央は亘輝と急速に親しくなっていった。

優しげな容貌の持ち主で気さくな彼は、理央が一人で作業しているときに声をかけてくれたり、台所で家政婦たちと話しているところに加わったりと、とてもフレンドリーだ。

亘輝の話を聞くうち、美織のことも少しずつわかってきた。現在二十六歳の彼女は、芸術短大で和楽器を専攻し、卒業後は結婚式場やイベントなどで演奏活動を行っているという。

和楽器だけではなく、サックスやクラシックギターなど洋楽器とのコラボレーションも積極的に行い、高い評価を受けているらしい。父親が能楽の囃子方・遊馬流宗家ということもあってか、能楽の公演によく訪れ、その可憐な美貌から能楽師たちにちやほやされているのだと亘輝は語った。

「彼女は昔から湊士にべったりで、僕には湊士のほうも満更じゃないように見えてたよ。高校時代とか、学校が違うのに待ち合わせて一緒に帰ったりしてたし」

「……そうですか」

彼から話を聞けば聞くほど、湊士と美織がいかに親密だったかが伝わってきて、理央は苦しくなる。彼らの仲のよさは周囲も知るところで、美織は昔から花宮家の屋敷にも頻繁に訪れていたようだ。現にこのあいだ初めて会った二日後、彼女は再び屋敷を訪れて、何やら湊士と書斎で話し込んでいた。

美織の存在感が大きくなるにつれ、理央は心の中に募る身の置き所のない思いを持て余している。

（わたしが気にしすぎなのかな。それとも、やっぱり美織さんはまだ湊士さんのことを……）

そうして心を乱されているせいか、最近の理央は湊士との仲がぎくしゃくしていた。

夜は同じベッドで眠るものの、「頭痛がする」「疲れているから」と理由をつけ、抱き合うのをやんわり拒否している。彼が美織と書斎で何を話していたか、その内容を明かしてくれなかったのもその一因かもしれない。後ろ暗いところがなければ話せるはずなのに、あえてそれをしないのは、何か疚《やま》しいことがあるからではないのか。

自分から「一体何を話していたの」と聞くのは、まるで嫉妬深さを露呈するようで気が引けて、理央はそれができないでいた。そうこうするうちに湊士は奈良と広島《ひろしま》の公演に出掛けてしまい、彼と向き合えないままもう一週間が過ぎてしまっている。

(何だかな。ここ最近、湊士さんと鎌倉で一泊して盛り上がった気持ちが、急速に落ち込んだ感じ。……亘輝さんからいろいろ聞いちゃったせいかも)

衣裳部屋で湊士の着物を畳んでいた理央は、ため息をつく。

彼の話をあれこれ聞かせてくれるようになった亘輝は、最初こそ当たり障りのない内容だったものの、次第にディープなことも教えてくれるようになった。

子方を卒業してプロの能楽師になってからの湊士は、その整った容姿と実力からテレビドラマにも活動の場を広げ、今やファンクラブができるほどの人気だという。学生時代から彼に告白する女性が引きも切らず、亘輝が知っているだけでも相当な数をとっかえひっかえしていたらしい。

それは大人になっても変わらなかったが、湊士には結婚願望がなく、泣かされた女性が何人もいて、美織もその一人なのだと亘輝は語った。

「美織さんは子どもの頃から一心に湊士を想ってきたのに、何も言わずに突然理央さんと結婚してしまって、ショックを受けたみたいだ。縁談が進みつつあった胤森さんの姪御さんも、湊士との結婚にすっかり前向きになっていたから、急に断られて相当な不満を漏らしていたって」

こちらの表情が曇ったのに気づいた亘輝は、慌てたように「でも、そんな中で結婚に踏み切ったってことは、相当理央さんに惚れてるっていうことだろうね」とフォローしてくれたものの、理央の気持ちは晴れない。

（別にわたしと結婚したのは勢いで、恋愛感情なんか欠片もなかったし。言われてみれば、確かにバーで初めて会ったとき、すごく女慣れしている雰囲気を感じた）

本来の湊士は、異性関係にルーズな人間なのだろうか。

自分に見せていた誠実な姿は仮に過ぎず、女性に対して不誠実な対応をしてきた人間かもしれないと思うと、この先ずっと夫婦を続けていくことに不安がこみ上げていた。

（わたしが勢いでした結婚の陰で美織さんが傷ついていたって聞くと、罪悪感が湧く。そもそも一年で離婚する前提で結婚すること自体が、間違いだったのかもしれない）

酔っていて覚えていないとはいえ、理央は自分で婚姻届にサインしているため、何の言い逃れもできない。仕事を失ったタイミングで湊士から月五十万円の報酬を提示され、「どうせ入籍してしまったのなら、しばらくは〝偽装結婚〟につきあってもいいかもしれない」という打算で彼の妻という役を演じてきたが、予想外だったのは彼を好きになってしまったことだ。

気がつけば、湊士の細やかな気遣いや気さくな性格、そして能楽師としての才能に強く心惹かれていた。彼もこちらに好意を示してくれ、「この先もずっと夫婦を続けていかないか」という提案を前向きに考えていたが、ここにきてブレーキをかけられている。

(わたしはどうしたらいいんだろう。もし湊士さんと美織さんが何らかの行き違いで別れることになって、そのタイミングでわたしと入籍してしまったのなら、別れてあげたほうがいいのかな)

美織は能楽に関わる家の生まれで、業界に精通している。加えて可憐な美貌の持ち主で、周囲とも如才なくつきあい、もし湊士の妻になればしっかりと内助の功を発揮するに違いない。

それに比べて自分はといえば、一応お嬢さま育ちとはいえ実家は破産して没落し、今は何の後ろ盾もない身の上だ。能楽についてはは勉強はしているものの、昔から舞台に足を運んできた美織の足元にも及ばない。

(あ、駄目だ。……かなり落ち込んできた)

湊士は三日前から出張中で、明日まで帰らない。彼が帰ってきたら、ちゃんと話をするべきだろうかと理央は考えた。おそらく湊士もこちらの態度のよそよそしさに気づいているはずで、仕事で疲れている彼を煩《わずら》わせている自分に、鬱々とした思いがこみ上げる。

(でも、話すって一体何を？　美織さんとの関係について聞く？　それとも、過去の女性関係とか……？)

引っかかっているのはその二点だが、どちらも重い内容で後ろ向きな気持ちになる。

ため息をついた理央は立ち上がり、出掛ける用意をした。栄基が和服に合わせる小物をオーダーしており、入荷したそれを銀座にある呉服店まで取りにいくように由香子から頼まれていた。

外に出ると、空には重い雲が立ち込め、少し肌寒さを感じる。行き帰りにはタクシーを使っていいと言われていて、迎えに来た車に乗り込んだ理央はシートに背を預けた。

銀座にある呉服店は老舗《しにせ》で、品のある男性店員が対応してくれた。オーダーした信玄袋《しんげんぶくろ》と草履《ぞうり》を受け取り、梱包してもらって外に出た理央は、往来を歩く。するとふいに背後から「……理央？」と呼びかけられた。

「理央だろ。久しぶり」

「……雅弘」

声をかけてきたのは、三カ月半前まで交際していた今野雅弘だった。彼はスーツ姿でビジネスバッグを手にしており、仕事で外回りをしていたのだとわかる。今野がぎこちなく笑って言った。

「お前と会うの、三カ月か四カ月ぶりだっけ。元気だったか？」

「うん」

彼に対しては、いい印象を持っていない。

理央の勤務先が倒産したと知った途端、今野は「お前はこの機会にプロポーズしてほしいとか思ってるのかもしれないけど、はっきり言って重い」と言い、一方的に別れを告げてきた。

私物を梱包して送る送料や、貸していた金の分割返済など、別れてからもこちらに甘える態度に腹が立った理央は彼に猛抗議し、一週間以内にきっちりすべてを精算してもらっている。

今野がこちらの恰好をしげしげと眺め、感心した顔で言った。

「すっげー高そうな着物。そういう恰好していると、いかにも金持ちの若奥さまって感じだな。聞いたぞ、お前が結婚したって」

「…………」

「伝統芸能の家の息子とだっけ？　上手いことやったよな、会社が倒産して路頭に迷ってたお前がさ。なあ、一体どこで知り合って……」

馴れ馴れしい口調で根掘り葉掘り聞いてこようとする彼の言葉を遮り、理央はさらりと告げた。

「ごめん、急いでるし、あなたと話すことはないから。――じゃあ」

「あっ、おい……」

呼び止めようとしてくるのを無視し、理央は路肩に停まっていた客待ちのタクシーに乗り込む。

思いがけない人物と再会し、気分がムカムカしていた。こちらにあんな仕打ちをしておきながら、何事もなかったように話しかけてこられるのだから、今野は相当図太い男なのだろう。

(でも、あんなのが好きで二年もつきあってたのは、わたし自身なんだよね。……雅弘といい、湊士さんといい、もしかして人を見る目がないのかな)

憂鬱な気持ちが増して、シートに背を預ける。

いつも由香子のおつかいで外に出るときは、自分なりの息抜きとして軽くお茶を飲んでから帰宅していた。だが今日は今野から逃げるためにうっかりタクシーに乗ってしまい、落ち込む気持ちを助長している。

気がつけば、窓ガラスにポツポツと雨の雫《しずく》が当たり始めていた。晴海《はるみ》通りを進むタクシーの中、鈍色《にびいろ》の空を見上げた理央は、鬱々とした気持ちを噛みしめて重いため息をついた。

第九章

能楽における〝後見〟は、老松《おいまつ》が描かれた舞台の鏡板の前、向かって左の隅が定位置だ。

舞台の進行を監督する役割で、シテと同等かそれ以上の力量を持つ者が務める。シテの装束の着付けを行い、舞台上で小道具を出し入れする他、シテやツレが謡を忘れた際はさりげなく手助けをするといった役目もある。

もっとも重要な役割は、シテが倒れるなどのアクシデントが起こった際、即座に代わって舞台を務めることだ。滅多にない事態に備え、背すじを伸ばして端然と、演目の終わりまで神経を研ぎ澄ませて座り続ける。

広島公演での演目は〝藤戸《ふじと》〟で、湊士はベテランのシテ方と二人で後見を務めた。舞台が終わって楽屋に下がると、永津が「お疲れさまでした」と言って着替えを手伝ってくれる。

「湊士さん、よくあんな長時間正座をしてられますよね。しかも姿勢を崩さずに」

「後見の姿勢がフラフラしてたら、みっともないだろ」

「足、痺れませんでした？」

「痺れたよ。でも集中していると、そのうち感じなくなる」

職業柄、正座には慣れているが、痺れるときは痺れる。そういうときは足の指をさりげなく重ねたり、長い曲になるとわざと痺れさせて一旦感覚をなくしたりと、人によってそれぞれ工夫とやり方があった。湊士は紋付袴を脱ぎ、和服に着替えながら、永津に問いかけた。

「で、今回の楽屋の様子はどうだった？」

「何も盗まれていないと思います。僕も舞台が始まるギリギリまで、楽屋にいましたし」

「そうか」

今日は私物の盗難がなかったと聞いて、湊士はホッとする。

能楽堂を出たのは、午後三時半を過ぎていた。福山《ふくやま》駅から山陽《さんよう》新幹線に乗り、東京に着くのは三時間半後の予定だ。電車が動き出してすぐに、四日間の出張の疲れが出たのか永津が居眠りを始め、湊士は窓の外を眺める。脳裏に浮かぶのは、理央の面影だった。

（ここ最近、理央の態度が素っ気ない。……やっぱり美織のことが影響しているのかな）

幼馴染の遊馬美織が花宮家の屋敷に来たのは、十日ほど前の話だ。

彼女は理央に接触して思わせぶりな発言をしたらしく、その日の夜に湊士は「美織が湊士の婚約者候補だったという話を、永津から聞いた」「あんなにきれいな人が傍にいたのに、なぜ自分と結婚したのか」と理央に問いかけられた。

湊士は美織を異性として意識したことがないのを理由に挙げたが、それから彼女は何となくよそよそしい。触れようとしたり、時間が空いたときに外にお茶に誘っても、「頭痛がする」「疲れているから」と言って断ってきていた。

（俺の言い方が、何かまずかったかな。冷たく聞こえたのか、それとも美織との仲を勘繰っているのか）

二歳年下の美織とは物心ついたときからのつきあいで、よく能楽堂で顔を合わせた。

幼い頃の彼女は内気で依存心が強く、こちらに纏わりついてはちょっと冷たくされただけですぐに泣き、正直煩わしい存在だった。やがて美しく成長し、美少女の名を欲しいままにしていた美織だったが、高校に入ると「学校の行き帰りに、知らない男に付き纏われている」「怖いから一緒に登下校して」と頼んできた。

仕方なく予定が合うときは一緒に行動してやるようになったため、周囲からはつきあっているように見えていたと思う。だが実際はそんなことはなく、他に交際相手がいた湊士は「あまりベタベタするな」と彼女に釘を刺していたが、美織は諦めなかった。

告白された回数は片手では足りず、事あるごとにアプローチしては、「好き」「私とつきあって」と訴えてくる。だが湊士は彼女に対して恋愛感情は微塵もなく、ただの幼馴染の域を出ることはなかった。

（でも……）

美織のほうは、そうではなかったらしい。

数ヵ月ぶりに花宮家の屋敷を訪れた際、湊士と話す機会がなかった彼女は、その二日後にまた来訪してわざわざ部屋までやって来た。そして湊士に向かって、世間話の流れで言った。

『お嫁さんの理央さん、すごくきれいな人ね。すらっとしていて、顔立ちも整っていて。でも彼女、ご実家が破産して、一般の会社でお勤めしていたって聞いたわ。そういう人って、きっといろいろな面で私たちのような家柄の人間とは感覚が違うんじゃないかしら。伝統ある花宮流の次期宗家夫人になるには、苦労するかも』

おっとりとしていながらやんわりと出自を当て擦る言い方を聞き、気分を害した湊士が「お前には関係ない」と答えると、美織が切実な眼差しで言った。

『ねえ湊士さん、私がまだあなたのことを好きなの、わかっていたわよね？　それなのに何も言わず、いきなり入籍するなんてひどいわ。私はこの家にふさわしくなろうと努力してきたのに』

『…………』

確かに条件面でいえば、囃子方の遊馬流宗家の娘で幼い頃から数々の芸事をこなしてきた彼女は、湊士の結婚相手として最適だった。

父の栄基も「美織さんのことは昔から知っているし、あのとおりきれいなお嬢さんだ。年齢的にもお前にぴったりじゃないか」と言っていたが、候補から外れたのには理由がある。

だがそれを口にする予定は、今のところなかった。湊士は美織を見つめ、淡々と告げた。

『お前が昔から俺に好意を抱いてくれていたのは知ってるが、たとえ幼馴染でも恋愛感情は持てない。断る理由について、一貫してそう説明してきたはずだ』

『…………』

『理央の家は確かに破産して没落したけど、彼女は幼少期から数々の習い事をこなしていて、マナーも弁えている。このあいだは外国人の客の通訳を務めて、その流暢な英語にうちの両親も舌を巻いていたくらいだ。最初こそ勝手に入籍したことで父さんたちとぎくしゃくしていたが、今は少しずつこの家に馴染んできている。俺の妻としてふさわしいとかふさわしくないとか、部外者の美織が口を挟むことじゃない』

するとそれを聞いた彼女はしばらく押し黙っていたものの、やがてやるせない表情で言った。

『そうよね。理央さんは、湊士さんが周りの意見も聞かずに突然入籍するくらいに好きな相手なんだもの。私がこんなことを言って、気分を悪くするのは当たり前だわ。……ごめんなさい』

『…………』

『ずっと湊士さんのことが好きだったから、つい恨み言を言いたくなって、こうして会いに来てしまったの。でも、理央さんに意地悪するつもりはまったくないし、湊士さんにも迷惑をかける気はないわ。だから今後もこのお家に遊びに来るのを許してくれる？』

潤んだ瞳でそう問いかけられた湊士は、仕方なく「……ああ」と答えた。一連の彼女とのやり取りを思い出し、窓の外を流れる景色を見つめつつ、小さく息をついて考える。

（美織が本当に諦めてくれればいいが、どうなるだろうな。本音を言えば、屋敷には来てほしくないけど……）

もし理央が自分と美織の仲を怪しんでいるのなら、その誤解を解きたい。

〝偽装結婚〟という関係ではなく、彼女と本当の夫婦になりたいという気持ちに、今もまったく変わりはなかった。そのためには理央の中で引っかかっている疑念や彼女が抱いている不安を、ひとつひとつ解消していくことが必要になる。

東京駅に着いたのは、午後七時半を過ぎていた。そこからタクシーに乗って約三十分、午後八時過ぎに五反田の花宮家の屋敷に到着し、先に降りた湊士は、キャリーバッグを運転手から受け取りながら永津に向かって言う。

「お疲れさん。今日はよく休めよ」

「はい。お疲れさまでした」

彼を乗せたタクシーがアパートのある上大崎《かみおおさき》方面に向かって去っていき、湊士は門口から屋敷に入る。すると家政婦と一緒に理央が出てきて、ぎこちない表情で言った。

「おかえりなさい」

「ただいま」

三和土で靴を脱いだ湊士は、キャリーバッグを家政婦に預けて「理央、あの……」と口を開きかける。しかしそのとき奥から顔を出した由香子が、こちらの言葉に被せるように言った。

「お疲れさま、湊士。戻ったばかりで悪いけれど、栄基さんがお呼びよ」

「父さんが？」

家政婦に夕食を食べる旨を伝えた湊士は、奥の間へと向かう。和服姿の栄基は、息子の顔を見るなり笑顔で言った。

「おかえり。奈良と広島の公演はどうだった？」

湊士は公演を無事に終えたことを報告し、今回の演目の話や、しばらくぶりに一緒になった演者の話に花を咲かせる。すると彼が口を開いた。

「そうそう、お前を呼んだ件だが、人間国宝の面打師・舟津喜久蔵《ふなつきくぞう》の小面が借りられることになったぞ」

「えっ」

「今日の昼に、所有者である河内《かわち》氏から連絡があったんだ。奈良での若手能を観て、湊士が使ってくれるならという条件で了承してくれた。お前が何度もアプローチして、チケットを送り続けた甲斐があったな」

面打師である舟津喜久蔵は、優れた古面をよみがえらせる技術に長《た》け、中でも女面の美しさに定評がある。

その作品は高値で売買され、資産家である河内氏が小面のひとつを所蔵していると知った湊士は、彼に何度も手紙を書いて面を舞台で使わせてほしいと申し出ていた。なかなか色よい返事をくれなかった河内氏だが、湊士がめげずに毎回チケットを送っていたところ、奈良での公演に足を運んでくれたらしい。

花宮家に連絡を寄越した彼は、栄基に「ご子息が演じた〝錦木《にしきぎ》〟のシテは、本当に素晴らしかった」「彼が舟津の面をかけて、舞台に立つところを見てみたい」と語っていたという。湊士は笑顔になって言った。

「よかった。何度もアプローチした甲斐があった」

「今週末に国立能楽堂でやる、〝紅葉狩《もみじがり》〟で使うのはどうかな」

「ああ」

栄基との話を終えた湊士は、着替えるために一旦二階に向かおうとする。

するとふいに笑い声が聞こえ、何気なく視線を上げた瞬間、廊下の先で立ち話をしているらしい理央と亘輝の姿が目に入ってきた。

「やだ、亘輝さんったら」

笑う彼女は無邪気な表情で、楽しそうだ。

そのときこちらに背を向けていた亘輝がふいに身を屈め、理央に覆い被さるような姿勢を取った。それはまるでキスをしているかのようで、湊士は思わず動きを止める。

「――……」

亘輝はすぐに身を起こし、何やら彼女にささやいたあと、踵を返してこちらに向かって歩いてくる。そして湊士がいるのに気づき、微笑んで言った。

「おかえり、湊士。四日間の出張、お疲れさま」

「…………」

「父さんから聞いたよ。舟津喜久蔵の面を借りることになったんだろう？　実際に手に取って見るのが楽しみだな」

にこやかな彼の表情からは、後ろめたさは微塵も感じない。それを見た湊士は、内心ひどく困惑しながら考えた。

（俺の気のせいか？　さっきの兄さんは、理央とかなり距離が近かったように見えたけど……）

二階に上がると、理央がついてきて着替えを手伝ってくれる。

しかしその表情は亘輝とは違ってどことなく気まずそうに見え、湊士の中で疑念が深まった。もしかして彼女は、自分が知らないうちに兄と距離を縮めていたのだろうか。思い返せば、最近屋敷の中で二人が一緒にいるのを見る機会が多かった気がする。

（そうだ。しかもこのあいだから、理央は俺に対してよそよそしい。それってつまり……）

一度心に芽吹いた疑念は消えず、夕食を食べているときも入浴しているときも、湊士はずっとモヤモヤしていた。

兄の亘輝は、湊士にとってよき理解者だ。自分が六歳のときに彼が花宮家に引き取られ、突然「兄だ」と言われたときはひどく戸惑ったものの、亘輝は年上ぶった態度を一切取らず、むしろ子方としてのキャリアが上である弟を常に立ててくれた。

おそらく彼は自分が妾腹《しょうふく》であること、能楽師としてのスタートが遅く実力では湊士に及ばないことを充分弁え、対立を避けて謙虚に振る舞うことで花宮家に己の居場所を確立しようとしたに違いない。

それは大人になっても変わらず、亘輝は花宮流の後継者は自分ではなく湊士だと公言して、常に一歩引いた位置にいた。穏やかな性格で物腰柔らかな彼との兄弟仲は決して悪くなく、だからこそ先ほどの怪しげな行動を見たとき、湊士はすぐに問い質すことができなかった。

（兄さんは、理央に気があるのか？　そして理央のほうも満更ではなくて……それで）

考え込んでいるうちについ長風呂をしてしまい、湊士は午後十一時半に二階に上がる。

入れ替わりに理央が入浴しに行って、彼女が寝室に来たのは零時を回っていた。だが理央と話をしようと考えていた湊士は、彼女の顔を見た途端、ぐっと言葉に詰まってしまう。もし理央が本当に亘輝と接近し、彼に心を移していたとしたら、自分はどうすればいいのだろう。

(俺は理央を、諦められるのか？　そもそも俺たちは〝偽装結婚〟から始まった、希薄な関係だ。恋愛感情がないまま夫婦になって、何とか距離を縮めようと頑張っていたところだけど……)

その過程で彼女が亘輝に心を移していたとしても、何ら不思議はない。

しかし潔く身を引くという選択ができなくなるくらいに、今の湊士は理央に強く心惹かれていた。万が一でも彼女の気持ちがこちらに向く可能性があるなら、それに賭けたい。亘輝のことなど欠片も目に入らなくなるよう、理央の中に自分を刻みつけたくてたまらなくなる。

「湊士さん、あの……あっ！」

何かを言いかけた彼女の腕を強く引き、湊士は華奢な身体をベッドに押し倒す。

そしてベッドサイドのランプが柔らかく室内を照らす中、息をのんでこちらを見上げる理央に感情を抑えた声で告げた。

「今日こそは抱かせてくれるだろう？　――もう一週間も、理央に触れてない」

「待って、わたしは話が……ん、っ」

何か言いかける唇を塞ぎ、湊士は彼女の言葉を封じ込める。

口腔に押し入って小さな舌を吸い上げると、理央が喉奥からくぐもった声を漏らした。何度も角度を変えて執拗に口づけるうち、彼女の抵抗が弱まっていく。ようやく唇を離した途端、互いの間に唾液が透明な糸を引いた。

「はぁっ……」

そのまま唇を滑らせ、湊士は理央の首筋に顔を埋める。風呂に入ったばかりの彼女の肌はボディソープの清潔な香りがして、髪がわずかに湿っていた。

パジャマの下に手をもぐり込ませて脇腹に触れ、そのまま胸のふくらみを包み込む。すると理央が、居心地悪そうに足先を動かして言った。

「湊士さん、わたしは話がしたいの。だから……」

「いいよ、話して」

「えっ？」

「聞くから、このまま話せばいい」

そう言いつつも、理央の口から決定的な言葉を聞きたくない湊士は、パジャマをまくり上げてブラごと胸の先端を噛む。彼女が「あっ」と声を上げ、少しずつ力を込めて反応を窺ったところ、理央が目を潤ませてつぶやいた。

「……っ、痛いの、いや……っ」

「じゃあ、優しくしようか」

彼女のパジャマを脱がせ、ブラも外す。

あらわになった胸の形はきれいで、両手でふくらみを包んで揉み上げる動きに理央が息を乱した。

湊士は屈み込み、淡く色づく先端に舌先で触れる。これ見よがしに舐め上げ、ちゅっと音を立てて軽く吸うと、そこはみるみる硬くなった。

「……っ、んっ、……ぁ……っ」

舐めて吸い上げ、ときおりやんわりと歯を立てる動きに、彼女が切れ切れに喘ぎを漏らす。

感じやすさは相変わらずで、唾液で濡れ光る胸の先端が少しずつ色づいていく様は、ひどく淫靡だった。両方の胸の尖りを代わる代わる可愛がった湊士は、やがて理央の脚の間に手を伸ばす。

下着越しに触れるとそこはじんわりと熱くなっていて、彼女が感じているのを如実に示していた。

「もう濡れてる。胸だけでこんなに感じるなんて、いやらしいな」

「んぁっ！」

下着の上から感じやすい快楽の芽を探り当て、ぐっと押し潰す。

クロッチの中は愛液で既にぬるついていて、下着の生地が花芽に擦れたらしく、理央がビクッと腰を揺らした。そのまま割れ目を指で行き来させると、彼女が太ももでこちらの腕を強く挟み込んできて、それに動きづらさを感じた湊士は理央の耳元でささやいた。

「脚、閉じるな。動かせないだろ」

「でも……っ」

下着の中からぬち、くちっと粘度のある水音が立ち、彼女が羞恥に頬を染める。

そのまま執拗に触れ続けると、ぬめりはますます強くなり、理央が小さく呼びかけてきた。

「ぁ、湊士、さん……っ」

「ん？」

「何でずっと、そんな……っ」

それ以上行為を進めようとしないことに抗議してくる彼女を見つめ、湊士はチラリと笑って答える。

「――理央に、欲しがってほしいから」

「えっ……」

「俺ばっかり煮詰まってるなんて、フェアじゃないだろ」

湊士は下着のクロッチの横から、指を潜り込ませる。すると下着の中は愛液でぬめっていて、秘裂が指に吸いついてきた。蜜口を探り当てるとそこはすんなりと指をのみ込んで、きゅうっと締めつけてくる。

中は熱く、柔らかな襞が舐めるように指に絡みついてきた。その感触を愉しみつつ根元まで埋めていくと、中からとろみのある愛液が溢れ、手のひらのほうまで垂れてくる。

「あっ、……はぁっ……ぁ……っ」

隘路で指を行き来させながら、湊士は理央の胸の先端を舐める。

中に挿れる指を増やし、内壁をなぞるようにすると、そこはビクビクとわなないた。素直な反応がいとおしく、もっと感じさせてやりたくてたまらなくなる。

しかしその一方で、彼女の心が自分にないかもしれないと思うと、焼けつくような嫉妬の感情がこみ上げた。湊士は理央の反応を見ながら、指でぐっと奥を突き上げる。

「……あっ！」

「ここが理央の一番奥だ。中に挿れられて、俺ので突かれるの、好きだろ」

「……っ」

理央の顔がかあっと赤らみ、目をそらしながら言う。

「べ、別に、好きじゃないし……」

「へーえ」

〝好きじゃない〟という言葉が妙に癇《かん》に障り、湊士は目を細める。

彼女の体内からずるりと指を引き抜くと、理央が「んっ」と息を詰めた。そしてこちらを見上げ、戸惑ったようにつぶやく。

「そ、湊士さん……？」

「だったら証明してみようか。理央が奥で感じるかどうか」

湊士はパジャマ代わりのTシャツに手を掛け、頭から脱ぎ捨てる。

そしてスウェットを下着と一緒に引き下ろし、すっかりいきり立った自身を取り出して避妊具を着けた。ベッドサイドのランプの灯りの中、彼女の脚の間が愛液でしっとりと濡れそぼっているのがわかる。そこに昂ぶりをあてがい、先端を浅く埋めた湊士は、そのままぐっと腰を進めた。

「んん……っ」

丸い亀頭が柔襞を掻き分け、奥へと進む。

太い幹の部分をのみ込んでいくにつれて締めつけがきつくなり、湊士は熱い息を吐いた。中は温かく、泥濘のようにぬかるんでいて、内壁が絶妙な圧で剛直を包み込んでくる。

(あー、すっげ。……やばい)

こちらを押し出そうとする抵抗を感じながら腰を進め、根元まで埋める。

一分の隙もなく密着した内部は、微細なわななきもダイレクトに伝え、湊士に得も言われぬ愉悦を与えた。浅い息をする理央を見下ろし、ゆっくりと腰を引く。内壁をゾリゾリと擦りながら入り口近くまで戻り、自身の大きさを教え込むように時間をかけて再び奥まで貫いた。

「はぁ……っ」

「すっげー締めつけ。そんなにこれが欲しかったか？」

「やっ、違……っ」

両方の手を握り合わせ、彼女と視線を合わせながら、湊士は硬く漲った剛直を緩やかに行き来させる。

理央の目に苦痛の色はなく、ただ感じているのが伝わってきて、それを見た湊士の中にふいにやるせなさが募った。彼女の体内を穿つ動きをやめないまま、湊士は吐息交じりの声で告げる。

「――こうやって俺に抱かれて感じまくってるのに、理央は他の男によそ見をするんだよな」

「えっ……？」

「でも、手放せない。たとえ兄貴のほうに心が揺れているのだとしても、ほんの少しでも可能性があるなら、それに賭けたい。――それくらい、俺は理央に強く執着してる」

＊　＊　＊

体内に挿れられたものは硬く漲り、みっしりとした質量で最奥を押し上げている。

それを強く感じながら、理央は混乱して湊士を見上げた。

（えっ、わたしが亘輝さんに心が揺れてるなんて、どうして……）

午後八時過ぎに四日間の出張から帰ってきた湊士は、理央の顔を見るなり何か話したそうなそぶりをしていた。だが帰宅してからの彼は栄基と話したり食事をしたりとバタバタしていて、結局落ち着いて顔を合わせたのは入浴後だ。理央は湊士と話し合うつもりでいたものの、彼に突然ベッドに引きずり込まれ、今に至る。

湊士の触れ方はいつもより強引で、理央はなすすべもなく喘がされた。どこか鬱屈したものを抱えているような眼差しは、最近自分たちが触れ合っていなかったせいかと考えていたものの、今の発言はまるで亘輝との仲を疑っているように聞こえる。

（確かに最近は、亘輝さんと話す機会が多かった。でも別に変な関係じゃないし、普通の会話しかしていないのに……）

そのときふと理央は、湊士と廊下で行き合った際、ちょうど亘輝がこちらに身を屈めていたのを思い出す。

廊下の角を曲がったときにたまたま歩いていた彼とぶつかりそうになり、理央が「あっ、すみません」と謝ったところ、亘輝は「理央さんみたいに可愛い人にぶつかられるのは、大歓迎だよ」と冗談めかして言ってきて、思わず噴き出してしまった。

次の瞬間、彼が覆い被さるように顔を近づけてきて、理央はドキリとした。亘輝は「顔に睫毛がついてる」と言いながら取ってくれ、その場はそれで終わったものの、もしかすると湊士はあれを誤解したのかもしれない。

理央は彼を見上げ、必死に声を上げた。

「湊士さん、わたしは亘輝さんとは、何も……っ」

「悪いが、今は聞きたくない。姿勢を変えよう」

そう言って楔をずるりと引き抜いた湊士が、理央の身体を裏返しにする。

そして腰を抱え上げ、蜜口に切っ先をあてがって再び中に押し入ってきて、理央は圧迫感に呻いた。

「うぅっ……」

「……っ、締まる。こんなに濡れてるんだから、苦しくないだろう」

「あっ、あっ」

ウエストをつかみながら繰り返し腰を打ちつけられて、理央は圧迫感に喘ぐ。

正面から抱き合うよりも屹立が奥深くまで入り込んできて、肌がゾワリと粟立った。密着した襞が剛直の硬さや太さ、亀頭のくびれまでをもまざまざと伝えてきて、ひっきりなしに声が漏れる。

「やっ、ぁ、……待って……っ」

「待たない。ほら、ここが理央のいいところだ。一番奥まで届いてる……」

「ひぁっ……！」

腹部を撫でられ、ちょうど切っ先が届いている辺りをぐうっと手で押されて、理央は息をのむ。

今すぐ達してしまいそうなほどの甘い愉悦に、思わず体内の楔をきつく締めつけた。内と外からの刺激はあまりにも強く、縋《すが》るように目の前のシーツをつかむと、湊士が吐息交じりの声でつぶやく。

「ここばっか突いたら、どうなるんだろうな。……何回達けるか試してみようか」

「やぁっ……！」

腰をつかみ、激しい律動を打ち込まれて、理央はなすすべもなく喘ぐ。

あまり大きい声を出しては他の部屋に聞こえてしまうため、必死にシーツに顔を埋めて嬌声《きょうせい》を押し殺そうとするものの、我慢できない。隘路を繰り返し行き来する昂ぶりは硬く、切っ先で容赦なく最奥を突き上げられる感覚がたまらなかった。

「……っ、んっ、……ふ……っ……」

背中に覆い被さった湊士が口腔に指を入れてきて、理央は条件反射でそれを舐める。

柔らかさを堪能するように舌を指先で捏ねられ、唾液が淫らな水音を立てた。身体の奥を穿つ剛直は相変わらず硬く大きく、上も下も塞がれた形の理央は、次第に意識が朦朧《もうろう》としてくる。

いつもより荒っぽい抱き方に感じさせられ、抵抗できない。身体はすっかり彼を受け入れていて、与えられる快楽を貪欲に貪っていた。やがて彼が、感じ入った声でつぶやく。

「……はっ……口、小っちゃくて可愛い」

「……っ」

「理央、こっち向いて」

ふいにそう呼びかけられ、理央は小さく「……何……？」と問い返す。すると湊士が、熱を孕んだ声で言った。

「キスしよう」

指を引き抜いて頤《おとがい》を上げられ、唇を塞がれる。首だけを後ろに向ける姿勢は苦しく、喉奥からくぐもった声が漏れた。

「ん……っ、ぅっ……は……っ……」

蒸れた吐息を交ぜ、ねっとりを舌を絡められて、身体の奥がきゅんと疼く。ビクビクとわななく内部が限界が近いのを伝えてきていて、唇を離した彼が吐息の触れる距離でささやいた。

「いいよ。――達け」

「んぁっ……！」

ひときわ深いところを突き上げられ、理央はなすすべもなく達する。

頭の中が真っ白になるような快感に、ビクッと背がのけぞった。わずかに息を詰めてそれをやり過ごした湊士が、理央の腕を引いて身体を裏返すと、正面から剛直を埋めてきた。

「うぅっ……」

絶頂の余韻が冷めやらない隘路に楔を深くねじ込まれ、理央は小さく呻く。

身体に力が入らず、なすすべもなく受け入れると、上に覆い被さった湊士が首筋に唇を這わせてきた。小さな音を立てて何度か啄《ついば》むように肌を吸った彼は、再び理央の唇を塞ぎながら腰を打ちつける。

「んぅっ、……ぅっ……は……っ」

熱く舌を絡ませながら律動で揺らされ、理央は息を乱す。怖いくらいに奥まで挿入ってくるものにまた甘い愉悦を呼び覚まされ、きつく締めつける動きが止まらなかった。

理央の汗ばんだ額に唇を落とした湊士が、押し殺した声でつぶやく。

「好きだ。――こんなに欲しいと思う女は、他にいない」

「……っ」

その言葉を聞いた理央の胸が、ぎゅっと締めつけられる。

それは、〝今までつきあってきた相手の中では〟という意味だろうか。彼が学生時代から異性をとっかえひっかえし、大人になってからも熱のないつきあい方をしていたことを、理央は亘輝から聞いて知っている。

(でも……)

リップサービスともいえる言葉をうれしいと思ってしまう自分が、ひどく惨めに思えた。

湊士を好きだからこそ、信じたい。だが彼の過去をなかったことにはできず、理央の中でさまざまな思いがせめぎ合う。そんなこちらの気持ちをよそに、湊士がわずかに息を乱して言った。

「……そろそろ達っていいか」

頷いた途端、膝をつかんで律動を激しくされ、理央は彼の首にしがみつく。

繰り返し打ち込まれる怒張は熱く硬く、その太さで隘路を残さず擦り上げてきて、内壁がビクビクと食い締めるのがわかった。

(あ、またきちゃう……っ)

逃げを打つ身体を突き上げ、湊士がぐっと息を詰める。薄い膜越しに熱い飛沫《ひまつ》が放たれた瞬間、理央も同時に達していた。

「あ……っ」

ドクドクと熱情を吐き出す屹立に、柔襞がきつく絡みつく。

互いに息を乱していて、しばらく無言で見つめ合った。やがて湊士が慎重に自身を引き抜いたが、疲労でぐったりとした理央は彼に後始末をされてもされるがままだった。

やがて湊士が隣に寝転がり、身体を抱き寄せてくる。彼の体温を間近に感じ、疲労ですぐに瞼が重くなったものの、ふいにベッドサイドに置いてあったスマートフォンから着信音が響いて、自分のものだと気づいた理央は腕を伸ばして手に取った。

すぐに音が途切れたため、どうやらメッセージらしい。何気なくディスプレイをタップした理央は、そこに表示されている名前を見て思わず動きを止める。

(これ――……)

メッセージを送ってきたのは、元彼の今野だ。何やら長々と書き連ねているが、それを読む前に隣にいる湊士が「なあ」と声をかけてくる。

「一体誰からなんだ？　男の名前が見えたけど」

「あ、これは……」

理央はどう説明していいものか咄嗟に判断がつかず、言いよどむ。だが変に隠し立てしないほうがいいと考え、小さく答えた。

「元彼なの。昨日、お義母さんのおつかいで銀座まで行ったとき、偶然会って……それで」

「へえ、それで仲良く連絡を取り合ってるってわけだ。俺に隠れて、コソコソと」

その言い方にカチンときた理央は、湊士を見つめて言い返した。

「別に隠れてコソコソなんてしてない。今たまたま連絡がきただけなのに、何でそんな言い方をするの」

「〝たまたま〟っていうのが疑わしいから、そう言ってるんだろ。元彼だの兄さんだの、あちこちに愛想を振り撒いて結構なことだな。結局女ってのは、そういう生き物なのか」

苦々しい表情で吐き捨てるように言われ、カチンときた理央は、タオルケットを引き寄せて胸元を隠しながら起き上がる。そして寝転がったままの彼を見下ろし、問いかけた。

「ねえ、さっきから引っかかる言い方ばかりして何なの。元彼とは外でたまたま会って、向こうが話しかけてきたからちょっと会話しただけ。亘輝さんとのことを何か誤解してるようだけど、普通の会話しかしてないよ。それなのにそんな言い方をするなんて、おかしくない？」

「最近よく、兄さんと一緒にいるだろ。それに今日、廊下にいた二人がキスしてるように見えた」

やはり湊士は、あの場面を誤解していたのだ。そう悟った理央は、彼のほうに身を乗り出して言う。

「あれはわたしの顔についていた睫毛を、たまたま気づいて取ってくれただけなの。別に怪しいことは……」

「どうだかな」

にべもない湊士の返答を聞き、理央の中でこれまで抑えていた不満のボルテージが一気に上がった。胸元を隠すタオルケットを強く引き寄せ、理央はボソリとつぶやいた。

「……そっちだって、わたしのことを責められる人間じゃないくせに」

「どういう意味だ」

「わたし、知ってるんだから。湊士さんが昔から女の子をとっかえひっかえして、何人も泣かせてきたこと。美織さんも周囲が認める許嫁《いいなづけ》みたいな存在だったのに、ひどい扱いをしたんでしょ」

すると彼が眉をひそめ、ベッドから上半身を起こして問いかけてくる。

「それを誰から聞いた」

「だ、誰だっていいでしょ。わたしにだって、いろいろ教えてくれる人がいるんだから」

あえて情報の出所が亘輝だとは言わずにそう答えると、湊士が眉をひそめる。

その表情を目の当たりにした理央は、怯《おび》えの感情をぐっと押し殺した。彼がここまで不機嫌さを表に出したことはなく、かなり切り込んだ発言をしてしまった自分に後悔の念がこみ上げる。

息詰まるような沈黙のあと、湊士が小さく息をついた。思わずビクッとする理央に、彼はベッドの下に落ちているパジャマを拾い上げ、それをこちらの肩に着せ掛けてくれながら告げる。

「今はお互い冷静じゃないから、少し時間を置こう。俺も考えを整理したいし」

「…………」

「俺は今日、そっちのベッドで寝るよ」

パジャマのズボンだけを穿《は》いた湊士が隣のベッドに行ってしまい、一人残された理央は惨めさを押し殺す。女性関係について聞かれた彼はそれを否定せず、こちらの指摘が図星だったことを証明しているかに思えて、胸がじくじくと痛みを訴えていた。

たった今、このベッドで熱く抱き合ったばかりなのに、自分たちの心はどうしようもなくすれ違ってしまっている。それがひどくつらく、肩に着せ掛けられたパジャマをぎゅっと握りしめた理央は、唇を引き結んだ。

（こんな状態でこの先も夫婦を続けていくなんて、やっぱり無理だ。やっぱりわたしたちは、最初の予定どおりに離婚するべきなのかもしれない）

元より確固たる信頼や愛情に裏打ちされた関係ではなかったのだから、それでこの先一生のことを決めるのは、あまりにもリスキーだ。

隣のベッドでは、湊士がこちらに背を向けて横になっていた。理央は緩慢なしぐさでパジャマを着込み、ベッドに入る。シーツからは彼の体温はとうに感じなくなっていて、乱れた皺《しわ》がその名残を残していた。

同じ部屋にいるのに、湊士とはこんなにも距離がある。それに胸の痛みをおぼえながら、理央は目を閉じて眠りが訪れるのをじっと待ち続けた。

第十章

それから二日間、理央は湊士とほとんど口をきかずに過ごした。

朝は五時半に起きて身支度し、和服を着込んで入念に身だしなみをチェックする。六時に台所に行って朝食の準備をしている家政婦たちに挨拶したあと、仏前に供える花の水切りをした。

そして炊き立てのご飯や煮物、漬物などを仏飯器に盛りつけ、仏壇に供える。そこで由香子が現れたために脇に控えて正座をすると、彼女がロウソクに火を点けて線香を上げた。

続いて理央も線香を上げ、ロウソクの火を消す。すると由香子がこちらの今日の着物を観察し、頷いて言った。

「今日のそのお着物、秋らしくて素敵よ。オレンジ色の名古屋帯が、品があっていいわね」

「ありがとうございます」

暦《こよみ》が九月に入ったため、着物は秋を意識して、黒地に海老茶色の小花を散らした紬と落ち葉を忍わせるオレンジ色の菊模様の名古屋帯を合わせた。

朝のルーティンが無事に終わり、理央はホッとする。通訳の一件があってから、由香子の態度はだいぶ軟化した。親しく世間話をするまでには至っていないものの、こちらに対する冷ややかさが格段に和らいだ気がする。

（初めの頃に比べたら、花宮家での暮らしは楽になってきた。でも……）

――問題は、〝夫〟である湊士だ。二日前の夜、理央は彼と口論になった。原因は湊士が亘輝との仲を誤解し、さらに元彼の今野からメッセージがきているのを見てしまったせいだが、その前に彼の過去の所業をいろいろと耳に挟んでいた理央は強く反発した。

「湊士が昔から女の子をとっかえひっかえし、許嫁のような存在だった美織にもひどい扱いをしたのを知っている」と告げたとき、湊士は言い訳をしなかった。

「今はお互い冷静じゃないから、少し時間を置こう」と言った彼は、別のベッドで寝た。その翌日である昨日は接待で帰りが遅く、理央は先に休んだが、明け方目を覚ましたときには湊士はやはり隣のベッドで眠っていた。

身体の関係ができて以降は当たり前のように一緒に寝ていたため、その距離は理央にとって拒絶に等しいものだった。あれから二人きりで会話をしておらず、彼からお茶の誘いもない今、理央は重苦しい気持ちに苛《さいな》まれている。

（やっぱりわたしの発言が、湊士さんを怒らせちゃったのかな。それとも図星を指されて、何も言えずにいるだけ？）

もし亘輝から聞いた湊士の過去が本当で、数々の女性と浮名を流し、美織に対しても不義理をしていたのなら、彼とはやっていけない。

芸能関係には昔から〝女遊びは芸の肥やし〟という言葉があり、特に女役を演じることが多い歌舞伎や能楽では、女性の仕草や表情を学んで役に生かすために浮気が容認されてきた歴史がある。

だが、現代社会でそれは通用しない。少なくとも理央にとっては受け入れがたく、もし事実であるならば、将来に向けた〝お試し〟の恋愛関係を終了したいと考えていた。

（最初に約束した偽装結婚は、任期満了まで続ける。でもそのあいだ、もう湊士さんとは身体の関係を持たない）

あくまでもビジネスに徹する――そう決断したはずなのに、理央の心はじくじくと痛みを訴える。酔った弾みでうっかり入籍してしまい、腹を括って飛び込んだ花宮家の生活は、決して居心地のいいものではなかった。

だが地道にコツコツと努力を積み重ねていくうち、義両親の当たりは柔らかくなり、最近は少しずつ〝嫁〟として受け入れられてきているのを肌で感じていた。

もっとも大きな出来事は、湊士と恋愛関係になったことだ。彼の整った容姿やこまやかな気遣いはもちろん、能楽師としての才能に強く惹かれた。「〝偽装〟じゃなく、この先もずっと夫婦として暮らしていきたい」という言葉には即答できず、しばらく猶予をもらったものの、実際は湊士と結婚生活を続ける方向に強く気持ちが傾いていた。

（わたし、湊士さんと一緒にいるのが楽しかった。仕事が忙しいのに、毎日ちょっとの時間でもお茶に連れ出してくれたり、能楽師としての顔と素の顔にギャップがあって、でもそれも魅力的に感じた。お稽古のとき、舞台の隅に座って彼の謡を聞くのがすごく好きだった……）

だが彼の人となりを知らないまま入籍したのは、やはり早すぎたのかもしれない。

もし湊士の貞操観念が低く、たまたま他と毛色が違う自分に食指が動いただけなのだとしたら、遅かれ早かれ浮気に悩まされることになるだろう。

（だから……）

――だから、彼とは別れたほうがいい。

次に話し合うときは〝いつ離婚するか〟を具体的に検討しよう――そう考え、ため息をついて仏間を出ようとした理央は、ふと湊士が入ってきたのに気づいてドキリとする。

今日の彼は無地のお召に地紋の入った羽織という、着物姿だ。ぼかしの濃淡が印象的な爪掻《つめが》き本綴《ほんつづ》れの角帯を合わせていて、少し改まった装いだった。湊士は由香子に向かって、いつもどおりの口調で告げる。

「午前の申し合わせのあと、河内氏に会いに名古屋まで行ってくる。戻るのは夜になりそうだ」

「面をお借りしに行くんでしょう？　くれぐれも粗相のないようにね」

「わかってる。それで明日の舞台だが、理央にも見せてやりたいと思ってるんだけど、構わないかな」

理央は驚き、彼を見つめる。つい先日も鎌倉で舞台を鑑賞させてもらったばかりなのに、またそんな発言をしたことが信じられなかった。すると由香子が、事も無げに答える。

「都内だし、別に構いませんよ。あなたが人間国宝が打った面をかけてシテを務めるなんて、なかなかないことですからね。理央さん、行ってくるといいわ」

「い、いいんですか？」

「ええ」

あっさり許可を得られて目を白黒させつつ、理央は湊士と共に仏間を出る。先に歩く彼に「湊士さん、あの……」と話しかけると、湊士がチラリと振り向いて言った。

「明日は千駄ケ谷《せんだがや》の能楽堂で、〝紅葉狩〟の舞台がある。人間国宝の面打師が打った面を借りることができたから、理央にぜひ観にきてほしい」

「う、うん」

「せっかくだから、始まる前に楽屋に来ないか？　面をじっくり見せられるから」

「えっ、いいの？」

思いのほか彼が普通の態度で、理央はどういう反応をしていいかわからなくなる。するとそんな戸惑いを感じ取ったのか、湊士がこちらに向き直り、表情を改めて言った。

「一昨日の話を、うやむやにするつもりはない。理央が俺に対して抱えている気持ちもわかったし、情報を整理して何となくいろいろなことがわかってきたところだ」

「…………」

「だから明日の夜に、改めて話がしたい。とりあえず舞台を観てほしいと思ってるんだけど、それでいいかな」

「うん、わかった」

明日の昼、十一時半に千駄ヶ谷の能楽堂のロビーに来るように告げ、彼が去っていく。

理央はその背中を、複雑な気持ちで見送った。

(「何となくいろいろなことがわかってきたところだ」って言ってたけど、一体何の話だろ。わたしが聞いたのは、湊士さんの女性関係の話のはずなのに)

湊士が言っていることが、わからない。だが彼のほうから話をするきっかけを作ってくれ、ホッとしていた。とりあえず降って湧いた能楽鑑賞に、気持ちが浮き立つ。楽屋に行くなら関係者がたくさんいるはずで、気が抜けない。

(どういう服装で行くのがふさわしいのかな。わたしが粗相をすると湊士さんや花宮家に恥をかかせることになるんだから、あとでお義母さんに聞いてみよう)

国立能楽堂は、千駄ヶ谷駅から徒歩五分ほどのところにある能楽専門の公演場だ。玄関やロビーは広く、中にはショップやレストランの他、展示場や図書室まで備えている。

今日の公演の開始時刻は午後一時で、十一時半の五分前に到着すると、人はまばらだった。ショップにはオリジナルグッズの他、能楽の稽古用品を取り揃えていて、理央はそれを興味深く眺める。すると背後から「理央さん」という声が聞こえ、振り返ると和服姿の永津が歩み寄ってくるところだった。

「すみません、お待たせしてしまいましたか？」

「ううん。今来たところだから」

彼に案内され、関係者しか入れないフロアに足を踏み入れると、作り物と小道具を作っている人々や、紋付袴姿で行き来する人々、立ち話をしている人など、さまざまな年代の関係者がいた。永津が隣で説明してくれる。

「楽屋は六つあって、襖で仕切られた続き間になっています。シテ方とワキ方、それに狂言方と囃子方でそれぞれ分かれていて、開演前は人が多くててんやわんやです」

楽屋の奥にある〝焙《ほう》じ室《しつ》〟というところでは、大鼓の者が革を二時間焙じなければならないため、汗だくになって火鉢の前で番をしているという。永津と歩いていると、四十代くらいの男性が話しかけてきた。

「永津、そちらの方は？」

理央は足を止め、折り目正しく挨拶をした。

「花宮湊士の家内でございます。いつも主人がお世話になっております」

「おお、湊士くんの新婚の奥さんか。いやあ、別嬪《べっぴん》さんだな」

何度かそうして話しかけられ、そのたびに丁寧に挨拶して、ようやくシテ方の楽屋に着く。

和室の襖を開けると、中にいた湊士がこちらを見て言った。

「ああ、来たのか」

「お疲れさま、湊士さん」

彼はまだ装束を着けておらず、小紋と袴姿だ。

湊士は今回のシテであるため、小さいながらも個室の楽屋を使わせてもらっているらしい。舞台に上がる前の彼を見るのが初めてで、理央はドキドキしながら言った。

「こういうところに初めて来たけど、活気があってすごいね。たくさんの人が行き来してるし」

「今回はツレやワキツレの人数が多いし、そもそも地謡だけで八名いるからな。スタッフもいるし、いつもごった返してる」

ここに来るまでに数人に話しかけられ、そのたびに挨拶したことを報告している横で、永津が部屋を出ていく。湊士が「そうだ」と言って、革製の面鞄《めんかばん》を引き寄せた。

「人間国宝が打った面を、見せてやるって言っただろ。これだ」

「──……」

彼が鞄を開け、中から袋に包まれた面を取り出す。

それは〝小面〟といわれる面で、ふっくらとした頬とつぶらな瞳が特徴の、若く美しい女性を表す面だった。かつて有名な武将が所有していた国宝級の面を、圧倒的技量を持つ面打師が写したもので、普通の小面より幾分すっきりとした頬や秀でた額、けぶるような眉や微笑みをたたえた口元など、品があって匂い立つように美しい。理央は感心してつぶやいた。

「すごい、……きれいだね」

「所有者に何度も手紙を書いて、ようやく借りることができたんだ。〝紅葉狩〟の前シテは、平維《たいらのこれ》茂《もち》を誘惑する高貴な風情の美しい上臈《じょうろう》だから、イメージにぴったりだ」

湊士が今日の演目について詳しく説明してくれ、理央はそれを聞く。能楽の話をするときの彼は生き生きとしていて、その顔を見るとふいに切なくなった。

（わたし、本当にこの人と離婚するの？　そして何もなかったように、湊士さんと離れて生きていく……？）

胸がぎゅっと締めつけられ、苦しくなる。

こうして間近で整った顔を見ると、やはり湊士を好きだと強く思った。これまで積み重ねてきた時間、彼が自分に向けてくれた細やかさや愛情が、嘘だったとは思いたくない。

だったら湊士の話を聞き、その上で自分がどうするべきかをじっくり考えるべきではないか。そんな思いが、理央の胸に強くこみ上げていた。

「湊士さん、わたし――……」

理央が口を開きかけた瞬間、ふいに五十代くらいの男性が顔を出して、「湊士、ちょっといいか」と声をかけてくる。「はい」と答えた湊士が、立ち上がりながら言った。

「ごめん、ちょっと行ってくる」

「あ、うん」

彼が出ていくのを見送った理央は、「やはり、話すのは夜のほうがいいかな」と考えていた。衝動のままに口を開こうとしたものの、今の湊士は舞台の直前だ。役に集中させるべきであり、それ以外のことで煩わせるのはよくない。

（ちょっと落ち着こう。湊士さんの仕事の邪魔をするわけにはいかないんだから）

深呼吸し、時刻を見ると、正午を過ぎた頃だった。

そろそろ開場になっているはずで、湊士はこれから装束を着けたりと忙しくなるに違いない。だったら邪魔にならないよう、自分は楽屋から出たほうがいいだろう。

湊士か永津が戻ってきたら、暇《いとま》を申し出よう――理央がそう考えていると、ふいに見知った顔が楽屋を覗き込んでくる。

「あ、理央さん、来てたんだ」

「……亘輝さん」

彼も今日の舞台に上がるらしく、紋付袴姿だ。相変わらず柔和な雰囲気で、知らない人ばかりが多く行き交う楽屋で緊張していた理央は、わずかにホッとする。亘輝がこちらを見つめて言った。

「ちょうどよかった。そこにある面を取りにきたんだけど、もし楽屋に誰もいなくて、面鞄に鍵がかかっていたらどうしようかと思ってたんだ。預かっていいかな」

「あ、これですか?」

畳の上に置かれたままだった例の小面を指すと、彼が頷く。理央は傷つけないように丁寧に面を袋にしまい、亘輝に向かって差し出した。

「どうぞ」

「ありがとう、確かに預かるよ。舞台、楽しんでいってね」

ニッコリ笑った彼が、面を持って去っていく。それを見送った理央は、感心しながら考えた。

(面鞄って、鍵がかかるようになってるんだ。そうだよね、今回みたいにすごく価値のある面があ

るんだろうから、もし失くしたら大変なことになっちゃう）

そんなことを考えながら待っていると、五分ほどして湊士が戻ってくる。理央は座布団から立ち上がり、彼に向かって告げた。

「わたし、そろそろ客席に行くね。お邪魔しました」

「ああ。舞台が終わったあと、もし待てるなら一緒に帰るか？」

「うん」

そう言いながら楽屋に入ってきた彼は、ふいに畳の上を見てつぶやく。

「……面がない」

「えっ？」

「舟津喜久蔵の面だ。どこにやった？」

顔色を変えた湊士にそう問いかけられ、理央は慌てて「それは……」と口を開きかける。

そのとき永津が戻ってきて、緊迫した雰囲気に「どうしました？」と問いかけた。湊士が彼を見つめ、顔をこわばらせて答える。

「さっきまでここにあった、面がなくなってる。俺がちょっと席を外した隙に」

「あ、あの、さっき亘輝さんが来て、面を預かるって言って持っていったの」

理央が急いでそう告げると、湊士が眉をひそめて「兄さんが？」とつぶやく。二人が顔を見合わせ、永津がすぐに踵を返した。

「亘輝さんに、話を聞いてきます」

「ああ、頼む」

湊士は厳しい表情で、それを見た理央はひどく困惑していた。亘輝は関係者であるため、言われるがままに面を渡してしまったが、もしかしてまずかったのだろうか。

やがて数分後、永津が戻ってくる。彼は亘輝を伴っていて、湊士に向かって戸惑いの表情で言った。

「湊士さん、亘輝さんにお話を聞いたんですが、あの……」

「湊士、面がなくなったんだって？　いきなりやって来た一樹がそんなことを言い出して、驚いたよ。僕は何も知らないんだけど」

亘輝の言葉を聞いた理央は、驚いて彼を見つめる。そして動揺しながら問いかけた。

「亘輝さん、十分くらい前にここに来て、面を持っていきましたよね？　それなのにどうして――」

「理央さんは一体何を言ってるんだ？　僕はここには来てないし、面にも心当たりはないよ」

亘輝は「それとも」と言い、眉をひそめて理央を見た。

「もしかして君が目を離して面が紛失したのを、僕のせいにしているのか？　よりによって舟津喜久蔵の面を失くすなんて、とんでもないことだよ。値段は数百万するものだし、その罪を僕になすりつけようとするだなんて、最低だな」

彼の態度の豹変《ひょうへん》ぶりに、理央はひどく混乱していた。

亘輝がなぜそんな嘘をつくのか、わからない。彼は理央の目の前で、確かに面を持ち去った。それなのに「知らない」と言い張り、理央が目を離している隙に失くしたのだと声高に主張している。

(どうしよう、何て答えたら……。でもこの楽屋にはしばらくわたし一人しかいなくて、無実を証明してくれる人はいない)

ドクドクと心臓が速い鼓動を刻み、手のひらにじっとりと汗がにじむ。

そんな理央と亘輝をよそに、永津が湊士に何やら耳打ちし、二人はひそひそと話し合っていた。

やがて湊士が頷き、永津に向かって言う。

「一樹、襖を閉めて、誰も中に入れないように入り口で待機しててくれないか。もし何か言ってくる者がいたら、『少々取り込み中なので、改めてご用件を伺います』と伝えてくれ」

「わかりました」

永津が部屋を出て襖を閉め、室内は理央と湊士、亘輝だけになる。湊士が兄を見つめ、口を開いた。

「まずは、本番前に突然呼びつけてしまって申し訳ない。兄さんを呼んだのは、さっき一樹が話したとおり、舟津喜久蔵の面がなくなったからだ」

すると亘輝が不快感をあらわにし、やや語気を強めて言う。

「湊士、まずお前の管理がなってないんじゃないか？　あの面は花宮流が所有するものではなく、今回の公演のために河内さんから借りたものだろう。しかも人間国宝が名品を写した、希少性の高い特別なものだ。それを面鞄で厳重に管理するわけでもなく、無造作に床に放り出していたら、誰かが持ち去ってもわからない。楽屋はたくさんの人が行き交っているんだから、余計に」

「…………」

「大方この部屋に一人でいた理央さんがうっかり目を離し、その隙に持ち去られたんだろう。それを僕が持っていったなどと嘘を言われたら、たまらないよ。前から花宮家に合わない人なんじゃないかと思っていたけど、今回のことで確信した。自分の身を守るために他人を陥れるような人間は、お前の妻としてふさわしくない。今後のことをよく考えたほうがいい」

彼の言葉を聞いた理央は、蒼白《そうはく》になって立ち尽くす。

花宮家に嫁いだときから友好的に接してくれ、優しい義兄として振る舞ってくれていた亘輝の変貌が、信じられなかった。ただひとつはっきりしているのは、きっと彼は以前からこちらを快く思っておらず、理央を花宮家から追い出すために面の紛失を画策したということだ。

（湊士さんは、それを信じるの？　わたしじゃなく亘輝さんを――）

考えてみれば、それは当たり前かもしれない。

出会って半年にも満たない女と実の兄なら、血縁関係があるほうを選ぶに決まっている。元々彼らは仲がいい兄弟なのだから、余計にだ。そう考え、理央が悄然《しょうぜん》とうつむくと、湊士が確認するように口を開く。

「なるほど。兄さんは面に関しては何も知らず、理央が罪をなすりつけようとしていると」

「そうだ。何ならシテ方の楽屋にある、僕の荷物を確認してくれてもいい。どうせ面など出てこないから」

自信満々の亘輝を、湊士がじっと見つめる。彼は冷静な口調で告げた。

「そうか。——なら、先ほど兄さんが一緒にいた美織なら、何か事情を知っているかな」

「えっ」

「裏口のほうで何やら二人で話していたのを、一樹が見てるんだが。ああ、彼女は遊馬先生の楽屋にいるだろうから、これから行ってみよう」

するると亘輝がみるみる顔色を変え、「いや、それは……」と言いよどむ。

(亘輝さんと美織さんが、一緒にいた？　えっ、一体どういうこと？)

事情がまったくのみ込めない理央をよそに、湊士が言葉を続けた。

「面について何も知らないっていうなら、別に俺が美織に話を聞いても構わないだろう。理央、一緒に行こう」

「わ、わたしも？」

彼はスタスタと歩き、勢いよく襖を開ける。そしてそこに立っていた永津に向かって告げた。

「これから、遊馬先生の部屋に行ってくる。装束の着付けの時間までには戻るから」

「わかりました」

＊＊＊

楽屋から出ようとする湊士の肩を、明らかに慌てた様子の亘輝が背後からつかんでくる。

「そ、湊士、このタイミングで遊馬先生のところに行くのはご迷惑じゃないかな。ほら、もうすぐ本番だし、お前も装束の着付けが――」

「さっき後見役の後藤《ごとう》さんに呼ばれて行ったとき、遊馬先生は喫煙所で他の人と煙草を吸いながら談笑していた。もう紋付袴を着ていたから、忙しいということはないはずだ」

廊下にはスタッフを始めとする多くの人が行き来していて、活気がある。

通路を歩く湊士のあとを、清楚なワンピース姿の理央が戸惑った様子でついてきていた。やがて囃子方の楽屋に到着した湊士は、廊下から中を覗き込む。そして中に遊馬公三《こうぞう》と美織がいるのを確認し、声をかけた。

「遊馬先生」

「おお、湊士くんか」

畳の上に正座し、両手をついて頭を下げた湊士は、遊馬に折り目正しく挨拶する。

「遊馬先生、本日はどうぞよろしくお願いいたします」

「こちらこそよろしく。何だ、わざわざ挨拶に来てくれたのか？」

「はい。今日は妻もおりまして、先生にご挨拶を」

湊士が理央に目線で促すと、彼女はしどろもどろに挨拶する。

「は、花宮理央でございます。湊士さんとの挙式披露宴の折にはわざわざ足をお運びいただき、ありがとうございました」

「何の、何の。湊士くんのことは赤ん坊のときから知っているから、息子のような感覚なんだ。式に足を運ぶのは、当然のことだよ」

遊馬が「花宮家での暮らしには慣れたか」と話題を振ってくれ、理央が丁寧に答える。話が一段落したところで、湊士は彼を見つめて切り出した。

「ところで美織さんにお話があるのですが、少しよろしいでしょうか」

「ああ」

父親の背後に座る美織に視線を向けた湊士は、冷静な口調で問いかけた。

「実は先ほど、俺の楽屋にあった面が紛失したんだ。今日の舞台で使う小面の面で、人間国宝の舟津喜久蔵が打った特別なものだ。そのことについて何か知らないか」

今日の彼女は、ワインレッドのトップスにグレーのチェック柄のフレアスカートを合わせた、お嬢さまらしい恰好だ。背中の中ほどまでの髪は複雑に編み込んだハーフアップにしており、可憐な容貌を引き立てている。美織が小首を傾げ、微笑んでこちらを見た。

「知らないわ。どうして私に、そんなことを？」

「内弟子である一樹が、先ほど君が裏口のほうで兄さんと一緒にいるのを見かけたというんだ。あそこで一体何を？」

切り込むような問いかけに、彼女はまったく動揺せずにこやかに答える。

「たまたま廊下で会ったから、ご挨拶をしただけよ。ね、亘輝さん」

「あ、ああ」

至って落ち着いている美織とは裏腹に、亘輝はひどく落ち着きがなかった。それを冷静に観察しつつ、湊士は言葉を続ける。

「おかしいな。兄さんは君に、何か手渡しているように見えたそうだが。このくらいの大きさのものを受け取って、バッグの中にしまっていたと」

湊士が面袋の大きさを手ぶりで示してそう告げると、彼女は一瞬視線を泳がせて答える。

「……気のせいよ」

するとそれまで話を聞いていた遊馬が、訝《いぶか》しげな表情で言った。

「一体どういうことだ。面が紛失したということは、今日の舞台に差し支えるんじゃないのか」

「はい。ここにも予備の面はあるでしょうが、紛失したのは人間国宝が打ったものです。現在の所有者である資産家から特別にお借りしたもので、市場的にも価値が高いものですから、もし盗まれたのだとしたら大きな問題になります。見つからなければ盗難事件として警察に届けることになりますが、その前に心当たりを探してみようと」

それを聞いた彼は眉をひそめ、娘を振り向いて言った。

「それほどのものなら、湊士くんが血眼《ちまなこ》になって行方《ゆくえ》を捜すのもわかる。お前に後ろ暗いところがないのなら、バッグの中身を見せなさい」

「あ……っ」

遊馬が美織のバッグを強引に引き寄せ、ファスナーを開ける。

中から出てきたのは見覚えのある錦の袋で、斜め後ろに座る理央が驚いたように声を上げた。

「それです。わたしが亘輝さんに頼まれて渡したのは……っ」

遊馬が袋を開け、中身を取り出す。出てきたものは河内から預かっている小面に相違なく、遊馬が呆然とつぶやいた。

「お前、これは一体……」

「…………」

「説明しなさい。お前は湊士くんの楽屋から、この面を盗んだのか？」

するると父親に詰問された美織が、目をそらして言う。

「わ、私じゃないわ。亘輝さんが盗んで、私に『預かってほしい』って渡してきたの」

「ち、違う。僕は美織さんに指示されて、それで……っ」

亘輝がぎょっとしたように声を上げるが、彼女は横を向いて視線を合わせようとしない。

それを眺めながら、湊士は口を開いた。

「実は近頃、公演に使う私物が楽屋からなくなることが頻発していました。頼んだはずのワキ方が誰かによってキャンセルされて来なかったこともあり、下手をすれば公演に穴を開けかねない状態だったんです。そのときは三時間前にどうにか手配が間に合い、事なきを得ました」

ブッキングは事務方の仕事だが、キャンセルの電話は湊士の名前でされており、当日にバタバタしたせいで周囲への謝罪が大変だった。そう説明し、湊士は言葉を続けた。

「僕は内弟子の一樹と問題を共有し、一体誰がこんなことをしているのかを調べていました。公演会場のバックヤードは人の出入りが激しく、やろうと思えば誰でもできる状態です。ですが楽屋まで来ても怪しくない人間となると、ある程度僕と親しい人物ということになる。当日の出演者と照らし合わせ、それを数回重ねて検証するうち、盗難があった日に共通して出演している人はだいぶ絞られました」

湊士は一旦言葉を切り、亘輝を見つめて言った。

「俺がシテを務めるときに装束の一部を盗み、ワキ方を勝手にキャンセルするなどの嫌がらせをしていたのは、兄さんなんだろう？　そして今日はその罪を、理央になすりつけようとしていた。違うか」

問い詰められた彼は蒼白になり、答えない。湊士は彼から目を離さずに続けた。

「兄さんへの疑いが濃厚になったのは、理央から話を聞いたときだ。ここ最近、彼女と急速に距離を縮めて、俺についてあることないこと吹き込んでいるのに気づいて、俺は兄さんが自分に悪意を抱いているんだとわかった。一樹との検証で、盗難事件のすべてに関与できるのが兄さんしかいないという結論に至り、今日はずっと彼に貼りついてもらっていた」

理央をロビーまで迎えにいったあと、湊士の楽屋を出た永津は、ずっと亘輝を監視していた。

内弟子である彼は舞台には上がらず、湊士の身の回りの世話をするために同行しているため、ある意味フリーだ。遠巻きに亘輝の様子を窺っていたところ、彼は湊士の楽屋を訪れ、出てきたときは羽織の内側に何かを隠し持っていた。

亘輝はそのまま裏口に行き、そこで待っていた美織に何やら手渡ししていて、湊士に報告しに楽屋に戻った永津はそこで「彼らが受け渡しをしていたのは、楽屋から持ち去った面だ」と確信したのだという。

「こうして美織さんのバッグから面が出てきたのが、動かぬ証拠です。僕は兄と彼女が共謀して面を持ち出したのだと解釈しましたが、遊馬先生はいかがですか」

すると遊馬は言葉に詰まり、膝の上の拳を握りしめて言った。

「状況的に……そう考えざるを得ないだろう。私の娘がとんでもないことを仕出かしてしまい、湊士くんには何とお詫びしていいか」

彼が頭を下げてきて、湊士はそれを押し留める。

「先生が謝ることではありません。兄も美織さんも、自分の行動に責任を持つ年齢なのですから。兄さん、一体なぜこんなことをしたんだ」

すると亘輝は言い逃れできないと考えたのか、目を伏せて口を開く。

「面がなくなれば……お前が困ると思ったからだ。人間国宝が打った面をかけて、シテとして舞台に上がるお前が、妬《ねた》ましかった。それで美織さんに唆《そそのか》されて……こんなことを」

聞けば彼は七歳で花宮家に引き取られて以降、弟である湊士にずっとコンプレックスを抱いていたらしい。

実母が亡くなったあとで暮らすことになった父の家には、正妻である由香子が産んだ湊士がいた。花宮家は能楽師の家系であるため、亘輝もすぐに能を習い始めたものの、二歳から能を始めた湊士との差は歴然としていた。

一朝一夕に追いつけるものではない上、何より湊士には生まれついての才能と華がある。戸籍上では〝兄〟であるはずなのに、自分は凡人であることを日々思い知らされ、そんな劣等感をきれいに押し隠して控えめに振る舞う日々は、少しずつ亘輝の心を疲弊させていった。

「当然のように次期宗家の地位が約束されている湊士の存在が、僕はうらやましくて仕方がなかった。お前は覚えてるか？　高校生のとき、研修生たちで模擬公演をやったときのことを」

能楽師の家に生まれた者たちは幼い頃から研鑽を積み、同年代で集まっては定期的に模擬公演を行っている。亘輝が言っているのは、彼が十八歳で大学に入りたてのときのことだった。そのときの演目は〝熊野《ゆや》〟で、亘輝はシテである池田宿《いけだじゅく》の遊女役、湊士が後見役で舞台の後方にいた。

彼は目を伏せ、自嘲的につぶやく。

「あのときの僕は、他流派の宗家なども観にくる舞台でシテをすることに、すっかり舞い上がっていた。そのせいか前シテの文之段《ふみのだん》で詞章を度忘れしてしまい、後見役のお前が小さな声で助けてくれたよな。でも僕はそれですっかり自信を喪失して、後シテの舞台に出られなくなった」

――そのときのことは、よく覚えている。

シテである熊野が、母親からの手紙をワキの前で読み上げる見せ場で、亘輝は途中で言葉に詰まってしまった。大抵の演目をそらんじている湊士は、当然〝熊野〟の詞章も覚えており、小声で彼のサポートをした。だが亘輝はすっかり動揺してしまい、中入のときに「もう無理だ」と頭を抱えていた。

結果として後見である湊士が急遽代役となり、後シテを務めることになった。亘輝が口元を歪めて言った。

「あのとき、僕は……本当に惨めだった。シテの打診はその後も何度かあったけど、あのときの失敗がトラウマになって断るうち、そうした依頼はぱったり途絶えた。現状、僕は花宮流宗家の長男でありながら、ツレやトモ、地謡でしか参加できない。自業自得かもしれないけど、心の中ではお前への敗北感でいっぱいだった」

しかしそうした気持ちを表に出さず、常に穏やかに振る舞うことだけが、亘輝の最後に残ったプライドだったという。自分の中の劣等感は一生湊士に打ち明ける気はなかったものの、転機が訪れたのは三ヵ月ほど前だったと彼は語った。

「湊士が突然理央さんと結婚したとき、まったくそういう気配がない中での入籍に驚いたものの、僕は何とも思っていなかった。でも、それから間もなく美織さんが会いに来たんだ」

美織はかねてから湊士との結婚を望んでおり、自分に何の報告もなく入籍されたことに傷ついていた。

以前から彼女に想いを寄せていた亘輝は、「自分では駄目か」と告白したもののにべもなく断られ、「私は子どもの頃から湊士さんのことが好きだったのに、いきなり出てきた見知らぬ女性に奪われたのが悲しい」とさめざめと泣かれた彼は、美織の代わりに湊士と理央に仕返しをするべく動き始めたのだという。

「湊士がシテとして舞台に上がるとき、身の回りのものをこっそり持ち去ったのは、プレッシャーを与えるつもりだった。そして理央さんの話し相手になる一方、お前に関する嘘の情報を吹き込んでいたのも、わざとだよ。嫌がらせを気に病んで、舞台で失敗すればいい。理央さんとの仲も拗《こじ》れて離婚してしまえばいい――そんな気持ちだった」

そんな折、湊士が舟津喜久蔵の面を所有者から借りることに成功し、それを着けて舞台に上がると聞いた亘輝は、強い嫉妬の念にかられた。そんな心境を美織にメッセージで送ったところ、彼女は「じゃあ、それを隠してしまったら?」と無邪気に提案してきたという。

「美織さんは僕が湊士に抱いているコンプレックスを理解してくれて、具体的な指示をしてくれた。『本番前、隙を見て楽屋から面を持ち出せたら、私に連絡して』『どこか人目につかないところで面を渡してくれれば、私がしばらく隠しておいてあげる。上手く理央さんのせいにできれば湊士さんとの関係に亀裂を入れられるし、人間国宝の面を粗末に扱った人間として彼の評価を下げることができるでしょ』って……。これが実際のやり取りだ」

彼がスマートフォンを取り出し、美織とのトーク画面を表示する。それを確認した湊士は眉をひそめ、二人を睨《にら》んでつぶやいた。

「理央が俺の面を失くしたことにして、それで彼女の立場を悪くさせようと？　――ふざけるな」

「…………」

「俺と結婚して花宮家に入ってから、理央がどれだけ努力してきたと思ってる。能楽について一生懸命勉強し、家のやり方にも馴染もうとして、自分のできることをコツコツ積み重ねてきたんだ。疲れていてもいつも笑顔でいる彼女だからこそ、最近は両親も少しずつ認めてきていた。それを自分勝手な嫉妬の感情で足を引っ張ろうとするなんて、断じて許しがたい。恥を知れ」

こみ上げる衝動のまま、素の口調で怒りをぶつける湊士に、亘輝が気まずげに視線をそらす。

一方の美織はポロポロと涙を零し、両手をぎゅっと握り合わせながら震える声で言った。

「私、ずっと湊士さんが好きで……理央さんと結婚したことが、すごくショックだったの。だから裏切られたような気持ちになって、こんなことをしてしまった。本当にごめんなさい」

「…………」

「ねえ、私のどこがいけなかったの？　確かに今回の件については謝らなければならないけど、家柄も釣り合っているし、昔から湊士さんをずっと想い続けていたんだから、応えてくれてもよかったでしょう。それなのに」

潤んだ瞳で切々と訴えてくる彼女を、湊士はじっと見つめる。その様子は可憐で、並みの男ならつい絆されてしまうほどに痛々しかった。湊士は淡々と口を開いた。

「そうやって君が自分のしたことを遠回しに正当化し、微妙に論点をずらすのなら、あえて言うが。実は一年ほど前、うちの両親が俺の結婚相手になりそうな女性たちをピックアップし、その時点では美織の名前も入っていた。でもある段階で、候補から外したんだ」

「そんな、どうして――」

「身辺調査をした結果だ。こう言えば、君は何が原因かわかるんじゃないか？」

湊士の言葉を聞いた彼女が、さっと顔をこわばらせる。遊馬が訝しげな顔で問いかけてきた。

「花宮家くらいの名家ともなれば、婚約者候補の身辺調査をするのは当然だ。湊士くん、美織が外れた理由は何だったんだ」

湊士はすぐに答えず、美織を見つめ続ける。遊馬が焦《じ》れたように「湊士くん」と再度呼びかけてきたため、ようやく口を開いた。

「身辺調査の結果を遊馬先生のお耳に入れる予定は、当初はありませんでした。先生は理解を示してくださいましたが、ご自身の娘さんの身の回りを探られて、いい気はしないはずだからです」

「それはもちろんそうだが、花宮家が美織を候補から外した理由が気になる。教えてくれ」

食い下がってくる様子に根負けした湊士は、真実を告げる。

「――調査の結果、美織さんが複数の男性と同時につきあっていることがわかったからです。同年代や年下の大学生、それに能楽の関係者や、先生ほどの年齢の男性もいました」

遊馬が驚き、絶句する。

彼だけではなく、亘輝や理央も驚きを隠せない様子だった。湊士は言葉を続けた。

「この場では能楽関係者が誰かは言いませんが、相手は妻子持ちですので不倫になります。同年代や年下はともかく、年上の男性たちとは金銭の授受があったようだと報告書には記載されていました。僕が昔から美織さんを恋愛対象として見たことがないのは差し置いても、報告書を読んで結婚相手としては不適格だと思いました。それは両親も同様で、婚約者候補から外すことになったんです」

遊馬が青ざめ、娘を振り向いて言った。

「本当なのか、美織。お前はそんな恥知らずなことを……」

「……っ」

蒼白になった美織が、狼狽《ろうばい》して目を伏せる。激昂して彼女を問い詰めようとする彼に、湊士は呼びかけた。

「遊馬先生、お気持ちはわかりますが、今は本番前です。僕もこれから装束の着付けに取りかからなければなりませんし、お話は一旦ここまでということにしてもよろしいでしょうか」

「あ、ああ」

「面はいただいていきます。――後日、父も交えて改めてお話ししましょう」

第十一章

それから四十分後、何事もなかったように〝紅葉狩〟の公演が始まり、理央は客席からその様子を見守った。

シテとして舞台に立ち、人間国宝の面打師が打ったという小面をかけた湊士は美貌の上臈役を見事に演じていて、観客からは感嘆のため息が漏れた。しかし舞台右側に並ぶ地謡の中に、亘輝の姿はない。彼は体調不良ということで急遽出演を取りやめ、代役が代わりに座っていた。

(まさか亘輝さんと美織さんが共謀して、わたしや湊士さんを陥れようとしていたなんて。……何にせよ、借り物の面が無事でよかった)

楽屋にやって来た亘輝が面を持ち去ったにもかかわらず、それをこちらのせいにしたときは、肝が冷えた。

彼らの企みは湊士によって明らかにされ、永津は出張中の栄基に電話でそれを報告していた。亘輝は今夜こちらに戻る予定の栄基が事情を聞くまで謹慎を申しつけられ、自宅に戻っている。

今まで友好的だと思っていた彼の豹変ぶりは、理央の心に暗い影を落としていた。義両親が冷ややかな態度を取る中、最初からにこやかに接してくれた亘輝の存在はとてもありがたかっただけに、ショックが大きい。

（亘輝さん、湊士さんに嫌がらせをする目的のために、わたしに優しくしていただけだって言ってた。美織さんにとっても、湊士さんの妻になったわたしは邪魔な存在だったから、いつか陥れようと手ぐすねを引いていたんだろうな）

あのあと美織が父親とどんな話をしたのかは、わからない。

だが遊馬の剣幕から、相当絞られるのは間違いなさそうだ。おしとやかで楚々とした彼女が、複数の男性と同時に交際していたというだけでも驚きなのに、その中に能楽関係者や妻帯者もいるという話は、父親にとってかなりの衝撃だっただろう。

一方の湊士はあのあとすぐに装束の着付けに向かったため、理央も邪魔にならないようにその場を辞した。公演の直前にあんな騒ぎがあり、精神状態が心配だったが、舞台の上での彼は声も明朗で佇まいが美しく、その演技は冴え渡っている。

（本番直前にトラブルがあったのに、動揺を見せずにここまで落ち着いた演技ができるなんて。……湊士さん、本当にすごい演者さんなんだ）

〝紅葉狩〟は長野《ながの》県戸隠山《けんとがくしやま》の鬼退治伝説を舞台化したもので、美女に化けた鬼が武将を誘惑し、隙を見て襲うというストーリーだ。

見どころは鬼の化身である美女たちの二つの舞で、初めはゆったりと優雅な趣から、次第にテンポが速く激しくなっていく。

謡を伴った曲舞には妖艶さと緊迫感が漂い、中入を経て後場では鬼と化したシテが般若面で現れ、武将との戦いへと突入していく。前シテの優美さに対し、後シテは装束も面もまったく異なって荒々しくなっているが、湊士はその対比を見事に演じ分けていた。

やがて舞台が終わり、理央はほっとため息を漏らす。序盤までは直前のトラブルに気を取られていたものの、気がつけば舞台に引き込まれていた。

一時間後、裏口で待っていた理央のところに、湊士が永津を伴ってやって来た。

「お疲れさま、湊士さん。舞台、すごくよかった」

「ああ」

永津の運転する車に乗って約三十分、五反田にある花宮家の屋敷に着いたのは、午後四時過ぎだった。栄基はまだ戻っておらず、帰宅は夜の七時くらいになるという。亘輝は自室にいると由香子から聞いた湊士は、彼女に向かって言った。

「俺は二階で理央と少し話をするから、父さんが帰ってきたら呼んでくれるか」

「わかったわ」

彼と一緒に二階に向かった理央は、着替えを手伝おうとしたものの、湊士が言う。

「着替えはあとでいい。座ってくれ」

三人掛けソファに並んで座ると、彼が口を開いた。

「まずは、兄さんがしたことを謝らせてほしい。嘘をついて面の紛失を君のせいにしようとしたこと、本当に申し訳なかった」

「そ、そんな。湊士さんが謝ることじゃないから」

慌ててそれを押し留めた理央は、湊士に問いかける。

「少し前から、盗難が続いてたって言ってたよね。舞台に影響はなかったの？」

「ああ。楽屋はいろんな人が行き来していて、席を外すときも多い。そういう隙を突かれて、支度に使う紐や裁縫道具など、なくては困るものを盗まれていた。結局何とかなったが、ワキ方をキャンセルされていたときは焦ったな。あのときほどピンチを感じたことはない」

亘輝がそうした行動に出た理由は、湊士への妬みの感情と、美織を袖にしたことへの義憤だという。彼が言葉を続けた。

「一樹といろいろ調べて、だいぶ犯人は絞られてきていたけど、決定づけたのは理央の発言だった。兄さんに、俺に関する嘘の話を吹き込まれていただろ」

「嘘って……」

「俺の女癖が悪いとか、これまで何人も泣かせてきたとか。確かにこの年齢でまったくそういう相手がいなかったとは言わないけど、相手をとっかえひっかえしてたという事実はない。真面目につきあっていたし、交際中の浮気もなかったと断言できる」

「…………」

「それから美織については、昔から何度も告白されて、そのたびに断ってきたんだ。せいぜい妹くらいにしか思えなかったのが断った理由だが、期待させるような言い方は一切しなかった。だから周囲が認める許嫁みたいな存在だったというのは間違ってるし、ひどい扱いもしてない。彼女にしてみれば、自分ほどの女が言い寄って靡《なび》かないのは、充分〝ひどい扱い〟なのかもしれないけどな」

明らかな捏造《ねつぞう》であるその情報を、わざわざ理央に吹き込んだのは誰なのか。

そう考えたとき、近頃急速に距離を縮めている亘輝の存在が浮上し、一連の事件に関わる人物だと断定したという。理央は戸惑いながら問いかけた。

「じゃあ……湊士さんが結婚願望もないくせに女の人を弄んでるとか、美織さんを捨てたとかいう話は、全部嘘だったの？」

「ああ」

「わたし、てっきり湊士さんはそういう人なんだって考えて……もしわたしと結婚したことで美織さんを傷つけているなら、身を引くべきだって思ったの。そもそもわたしは実家が破産してるし、今は何の後ろ盾もない身の上だし、能楽とは無関係な家系の出身でしょ。やっぱり囃子方の宗家の娘で、昔から舞台に足を運んできた美織さんの足元にも及ばないって考えたら……どんどん自信がなくなって」

「そんなことない。理央は能楽について一生懸命勉強してくれてるし、花宮家《うち》に馴染もうと努力していた。外国人の客のアテンドを立派に務めて、今は俺の両親だって認めてくれてる」

ふいに湊士が手を握ってきて、理央はドキリとする。彼は大きな手の中に理央のそれを包み込み、こちらを見つめて言った。

「何より俺のモチベーションの向上になっているのが、一番大きい。理央が俺の舞台を観て、キラキラした目で感想を言ってくれると、すごく自信が湧いてくるんだ。庶民的で、些細なことでも楽しんで笑顔になるのを見ると、幸せな気持ちになる。この先もずっと妻として傍にいてほしいし、俺の舞台を見続けてほしい。〝偽装結婚〟じゃなく、本当の夫婦として共に人生を歩いていきたいって、そう強く思ってる」

真摯な響きの言葉を聞いて、理央の胸がぎゅっとする。

自分も湊士の舞台を観るのは、楽しかった。初めは能楽師という職業に腰が引けてしまい、花宮家で暮らし始めてからは義両親の冷ややかな態度や覚えなければならないことの多さにつらくなるときもあったが、気づけば最初ほど住みにくいところではなくなっていた。

彼と一緒にいるのは楽しく、毎日少しの時間でもランチやお茶に連れ出してくれるのがうれしい。端整な容姿やドキリとするような艶のある眼差し、触れる手の優しさはもちろん、能楽師としての才能にも魅了されてやまない。

そんな湊士と、この先も一緒にいたい。期限つきの偽装結婚ではなく、愛し愛される本当の夫婦になれたら――そうした強い思いが、いつしか胸に芽生えていた。

理央は隣に座る彼を見つめ、問いかける。

「わたしには誇れるような家柄もないし、能楽の知識もまだまだだと思う。それでもいいの？」

「ああ」

「それに結構がさつで奥ゆかしさに欠けるし、いつかボロを出すかも。そうしたら、湊士さんに迷惑をかけちゃうかもしれないんだけど……」

「そのときは、俺がフォローするさ。〝夫〟なんだから、一緒に謝ってやるよ」

湊士が笑い、握った手に力を込めて言う。

「俺はそうやって飾らない、素の理央が好きなんだ。いつもあっけらかんとしていて、屈託ない――一緒にいて、こんなにリラックスできる人間は、他にいないから」

彼が「でも」と言葉を続ける。

「兄さんとの仲は誤解だってわかったけど、元彼の件については依然として引っかかってる。まだ連絡を取り合ってるのか？」

「ううん。あのときのメッセージに返事はしてないし、向こうのアカウントをブロックしたし」

そのときバッグの中でスマートフォンが鳴り、理央は取り出して確認する。

すると電話をかけてきたのはたった今話題にしていた元彼の今野で、理央は慌てて湊士に言い訳した。

「あ、あの、本当に彼とは連絡を取ってないの。でもいきなり電話が……ど、どうしよう」

「どうって、出ればいいんじゃないのか。理央に後ろ暗いところがないなら、俺にも会話が聞こえるようにスピーカーにしてくれ」

彼の言葉に面食らいつつ、頷いた理央は電話に出る。そしてスピーカーフォンにし、呼びかけた。

「もしもし、雅弘？」

『理央？　ごめん、いきなり電話して』

こちらがスピーカーにしているのに気づかない彼が、言葉を続ける。

『お前さあ、このあいだメッセージ送ったのにいきなりブロックするって、ちょっと感じ悪くないか？　街中で会ったときも思ったけど、いい着物着てお高く止まってるっつーか、金持ちと結婚したことで何か勘違いしてるよな』

初《しょ》っ端《ぱな》から恨み言を言ってくる今野に、理央は呼びかける。

「用件は何？　わたしはあなたと話すことは、もうないんだけど」

『お前と会ったあとさあ、俺、考えたんだ。理央が今の旦那と入籍したのって、俺と別れた直後だろ？　それって要するに、二股かけてたってことなんじゃないかなって』

「それは……」

『会社が倒産したとか言いながら、まんまと金持ちの男を捕まえてるんだから、本当抜け目ないよな。なあ、もし俺と旦那を天秤にかけてたのが、お堅い嫁ぎ先にばれたらどうする？　旦那との仲が拗れた挙げ句、「そんなふしだらな女は、妻としてふさわしくない」とか言われて、離婚されるかもな。そうならないためには、俺にそれなりの対応をしたほうがいいんじゃないか』

彼が自分を強請《ゆす》ってきているのに気づいた理央は、思わず真顔になる。

実際は二股などしていなかったが、入籍した時期を考えると今野が誤解するのは無理もない。おそらくはこちらが素っ気なくしたことへの意趣返しなのだろうが、こんな人間とつきあっていた自分に、忸怩たる思いがこみ上げた。

理央が口を開きかけた瞬間、ふいに隣に座る湊士がスマートフォンに向かって呼びかける。

「――失礼。今、理央の横でお話を聞いていましたが、あなたは彼女が以前交際していた方で間違いないのでしょうか。僕は理央の夫の、花宮湊士といいます」

突然話し始めた彼の意図がわからず、理央は驚いてその横顔を見つめる。

今野はまさか理央以外に話を聞かれていたとは思わなかったのか、「あっ、えっ？」とつぶやき、混乱しているようだった。そんな彼をよそに、湊士が言葉を続ける。

「先ほどあなたは二股だとおっしゃいましたが、僕らは出会ったその日に意気投合し、二カ月後に式を挙げましたので、そちらと交際期間は被っていないはずです。そもそもあなたと理央は結婚の約束をしていたわけでもなく、そちらから一方的に彼女を振ったのですから、別れたあとのことについてとやかく言われる筋合いはありません」

『…………』

「また、金銭を要求するような発言もありましたが、これ以上彼女にしつこく接触するなら恐喝で警察に相談するつもりでいます。よろしいですか」

冷静かつ毅然とした彼の言葉を聞いた今野が、しどろもどろに言う。

『いや、あの、さっきのはただの冗談っていうか……し、失礼します』

電話がプツリと切れ、理央は唖然としてスマートフォンを見つめる。

「……切れちゃった」

「俺が出てきた途端に一言も言い返せなくなるなんて、ダサい男だな。でも警察をちらつかせられて相当焦ってたから、これ以上連絡してくることはないだろう」

事も無げに言う湊士に、理央は小さく礼を言った。

「あの……ごめんね、わたしと元彼の話に巻き込む形になっちゃって。でも言い返してくれて、すごく助かった。ありがとう」

「いいよ。理央とさっきの男の間に、何もないってわかったし」

彼は「それで」と言って、こちらを見る。

「元彼からの電話で話がそれたけど、理央は今後も俺と結婚生活を続けるってことでいいのか？」

端整な顔にまっすぐ見つめられ、理央はじんわりと頬が熱くなるのを感じる。

湊士は才能ある能楽師で、かつ家柄も容姿も兼ね備えており、そんな彼の妻として生きていくことへの躊躇いは、完全には拭いきれていない。だがひとつ年下でも湊士は頼りがいがあり、とても誠実だ。蠱惑的な雰囲気の持ち主ではあるものの、浮気をするタイプではなく、まめに愛情表現をしてくれる。

（わたしは……湊士さんが好き。一緒にいるだけで楽しくて幸せな気持ちになるし、この人がホッと息をつけるところになりたい）

能楽師の妻は多忙だが、義両親の当たりも和らいだ今は、さほどつらくない。ならば答えはひとつで、理央は面映ゆく笑って答えた。

「……うん。わたしはこの先もずっと、湊士さんと一緒にいたい。あなたの隣で、〝妻〟として支えていけたらいいなと思ってる」

するとそれを聞いた湊士が、ホッとした顔で言った。

「よかった。鎌倉で一泊旅行したときに答えを濁されて、そのあとからよそよそしい態度を取られたから、本当にやきもきしてたんだ」

「あれは……その、湊士さんと結婚生活を続けていくのは、ゆくゆくは次期宗家の妻になるってことなんだって思うと、急に怖気づいちゃって。それに美織さんに、『理央さんがこんなに素敵な方だから、湊士さんは私じゃなくあなたを結婚相手として選んだんでしょうね』って言われて、もしかしたらつきあってたのかもって疑心暗鬼になってしまって」

「美織の奴、そうやって思わせぶりな発言をして、理央に揺さぶりをかけてたのか。本当にろくでもないな」

彼にじっと見つめられ、気まずさをおぼえた理央は、「あの、何?」と問いかける。

すると湊士が、チラリと笑って言った。

「キスしたい。いいか?」

「う、うん」

腕を引いて身体を引き寄せられ、彼の肩口に顔がぶつかる。

間近で目が合ってドキリとした瞬間、顎をつかまれた理央は湊士に口づけられていた。

「ん……っ」

ぬるりと入り込んできた舌が絡まり、くぐもった声が漏れる。

側面をなぞるようにされたと思うと強く吸われ、理央は小さく喘いだ。すると彼の舌が奥までねじ込まれてきて、口腔をいっぱいにされる。

「ぅっ……ふ、……ぁ……っ」

喉奥まで探り、繰り返し舌を絡ませる濃密な口づけに、目が潤んでいく。ぬめる粘膜同士を触れ合わせ、蒸れた吐息を交ぜる行為は親密で、淫靡な気持ちがどんどん高まっていくのがわかった。

身体が熱くなり、理央が縋るものを求めて湊士の二の腕をぎゅっとつかむと、ようやく唇を離した彼がささやいた。

「……あー、今すぐ抱きたい」

「……っ」

ひそめた声でそんなことを言われ、理央の顔がかあっと赤らむ。時刻はまだ午後四時半で、色事にはあまりにも不謹慎であり、目を泳がせながらモソモソと言った。

「そ、そんなの駄目だよ……。このあとお義父さんと話すんだし」

「父さんが帰ってくるのは、新幹線の都合で午後七時くらいだって言ってた。だったらあと三時間半あるだろ」

「で、でも、家政婦さんたちや亘輝さん、お義母さんもいるし……」

「『話をする』って言って二階に上がってきてるから、誰も邪魔しに来ない。兄さんは自分の部屋にいるだろうけど、場所的にだいぶ離れてるし、理央が声を出さなきゃ大丈夫だ」

理央の頭を肩口に抱き寄せた湊士が、耳元でささやく。

「せっかく気持ちが通じ合ったんだから、今すぐ確かめたい。――理央が全部俺のものになったんだって」

耳に直接吹き込まれる艶やかな美声に、ゾクゾクとしたものが背すじを駆け上がる。

理性では「断るべきだ」とわかっているのに、拒めない。こんなにも甘くささやかれたら、つい言うことを聞いてしまう。

「……っ、だったら、部屋の鍵を閉めて……」

理央が小さくそう告げると、彼がニヤリと笑って言う。

「ＯＫ。ちょっと待ってろ」

立ち上がった彼が、ドアの鍵を閉める。こちらに戻ってきてソファに座った湊士は、理央の身体を自身の膝の上に引き寄せて再び唇を塞いできた。

「ん……っ」

キスをしながら彼の大きな手がワンピース越しに胸のふくらみに触れ、やんわりと揉みしだく。

たったそれだけの動きで息が乱れ、理央は身体の奥が期待に疼くのを感じた。口では拒んでいても、心は湊士を欲しがっている。ようやく気持ちが通じ合った彼を、全身で感じたくてたまらなかった。

湊士の手がワンピースの前ボタンを外していき、ブラに包まれた胸のふくらみがあらわになる。カップをずらした彼が先端に舌を這わせてきて、理央は小さく声を上げた。

「ぁ……っ」

ざらつく舌の表面で押し潰すようにしたあと、ちゅっと音を立てながら吸い上げられて、そこがみるみる硬くなる。

熱い舌で尖った先端を舐めしゃぶられ、理央は息を乱した。湊士の秀麗な顔が自分の胸に埋められている様は、とても刺激的だ。ときおり視線が絡むとドキッとし、ますます鼓動が速まる。

胸への愛撫を続けながら、彼の片方の手が太ももに触れた。スカートの裾をたくし上げた湊士が、ストッキング越しに尻の丸みを撫でる。そして胸の頂から唇を離し、こちらを見上げて問いかけてきた。

「ストッキング、伝線しそうだから脱ごうか」

「う、うん」

理央のストッキングを脱がせた彼が、下着越しに脚の間に触れる。

そこは既に熱くなっていて、触れられると下着の生地が花弁に貼りついた。緩やかに指を行き来させられ、かすかな水音が立つ。理央は声を漏らすまいと、必死に唇を噛んだ。

「ん……っ」

下着の中に入り込んだ湊士の指が、直接花弁に触れる。

すっかりぬかるんだそこからくちゅりと粘度のある水音が聞こえ、理央はかあっと頬が熱くなるのを感じた。夕暮れどきの室内は、薄暗くなってきてはいるものの充分明るく、こんな行為をしているのが恥ずかしくてたまらない。

ぬめりを広げるように指を行き来させた彼が、理央の耳元で言う。

「すごいな。もうぬるぬる」

「ぁっ……！」

指先が蜜口を探り当て、ぬぷりと中に入ってくる。

硬い指が身体の内側をなぞる感触は強烈で、理央は目の前の湊士の首にしがみついた。ゆるやかに抽送され、内壁がきゅうっと収縮する。彼の腰を跨《また》ぐ太ももがガクガクと震えるのを、抑えることができなかった。

「……ぅっ……んっ、……あ……っ……」

中に挿れる指を増やされ、圧迫感が増すと共に快感も大きくなる。

初めはきつかったそこは、溢れ出る愛液で指の動きがスムーズになり、湊士の手のひらまで濡らしていた。根元まで埋められて最奥を抉られるとたまらず、理央はビクッと身体を震わせて達する。

「あ……っ！」

柔襞が指にきつく絡みつき、やがて身体が弛緩していく。

内壁は絶頂の余韻でわななないていて、彼はその感触を愉しむようにゆるゆると指を行き来させた。

そして汗ばんだ理央のこめかみにキスをしてささやく。

「――ここ、舐めたいけど、それはまた夜にな」

「……っ」

湊士の舌の感触を想像し、理央の身体がかあっと熱くなる。

蜜口がヒクリと蠢いて、中に溜まっていた愛液がトロトロと溢れ出るのがわかった。自分ばかりが感じさせられて悔しくなった理央は、彼が着ている羽織に手を掛けて脱がせる。しかし帯の結び目に腕が回らず、四苦八苦していると、湊士が自分で角帯を解いてくれた。

長襦袢《ながじゅばん》と肌着の紐を解き、緩んだ合わせから直に肌に触れると、自分よりわずかに高い体温がじんと手のひらに染み入る。彼の胸板を撫で回す理央の耳朶を食み、湊士が問いかけてきた。

「下は触ってくれないのか？」

既に存在を主張している股間に手を誘導され、理央は下衣《したごろも》越しにそれをやんわり握る。

布を押し上げている昂ぶりは硬く、それが挿入ったときのことを想像して、身体の奥がじんと熱くなった。下衣をくつろげた途端、いきり立つ剛直が現れ、太く充実した幹や亀頭を目にした理央は一気に羞恥が増すのを感じる。

直に触れたそれはじんわり熱く、表面に血管を浮かび上がらせていた。理央は身体を後ろにずらして身を屈め、髪を耳に掛けながら湊士のものを口に含んだ。

「……っ」

彼がわずかに息を詰め、ピクリと身体を揺らす。

鈴口を舌先でくすぐり、先端のくびれをぐるりと舐めると、口の中のものが硬度を増した。裏筋に舌を這わせ、唾液を絡ませながら吸い上げる動きに、湊士が息を乱しつつ髪に触れてくる。

「……っ、……理央……」

その声が孕む艶っぽさに、理央は自分の秘所が潤んでいくのを感じた。

できるかぎり深く屹立を口に含み、ますます熱心に愛撫する。顎が疲れて口から出し、幹の表面を舌先で舐めていると、そんな理央の顔をいとおしげに撫でながら湊士が言った。

「もういいよ。──おいで」

理央の腕をつかみ、身体を引き寄せた彼が唇を塞いでくる。口の中を浄《きよ》めるように舌を絡められ、理央が息を乱すと、湊士がふと気づいたようにつぶやいた。

「やばい、避妊具《ゴム》がない。取ってくるから、ちょっと待ってて」

そのままソファを下りようとする彼を、理央は咄嗟に腕をつかんで引き留める。そして驚いた顔をする湊士に向かって言った。

「あの……っ、な、なくてもいいから」

「えっ」

「わたしたち、本当の夫婦になったんだよね？　……だから」

言いながら頬が熱くなり、理央は恥ずかしさをおぼえる。

〝偽装結婚〟だったこれまでとは違い、自分たちはこの先本当の夫婦としてやっていくことを先ほど決めたばかりだ。ならば彼を、直接感じてみたい。薄い膜を着けずに直に触れ合ってみたくて、たまらなかった。

すると湊士を取り巻く空気がわずかに変わり、確認するように問いかけてくる。

「いいのか？」

「う、うん」

「じゃあ、理央が自分で挿れてみせて」

突然そんな要求をされ、理央の心臓がドキリと跳ねる。

だが彼を欲しいという気持ちは抑えきれず、乱れたワンピース姿のまま、下着を脱いで湊士の腰に跨がった。そしていきり立ったものの幹をつかみ、先端を自身の蜜口にあてがって、ゆっくりと腰を下ろしていく。

「うっ……んっ、……ぁ……っ」

切っ先が蜜口に埋まり、内壁が異物を押し戻そうとするのに抗いながら、じりじりと幹をのみ込んでいく。

硬く太い楔が埋められていく感覚は、理央に甘い愉悦をもたらした。やがて腰が密着し、根元まで受け入れたものが最奥を押し上げるのを感じながら、理央は深く息を吐く。中をいっぱいに満たされ、その質量に若干の苦しさをおぼえたものの、それを凌駕《りょうが》するほどの快感があった。

いつも自分たちを隔てている薄い膜がないと思うだけでゾクゾクし、理央が浅い呼吸をすると、湊士も息を乱してつぶやいた。

「は、……すっげ。理央の中、熱くて気持ちいい」

「……っ」

「自分で動けるか？」

理央は頷き、彼の首につかまりながら腰を揺らす。

一分の隙もないくらいに密着した内壁が屹立の硬さや太さをつぶさに伝えてきて、すぐに息が上がった。自分で腰を動かすという行為に淫靡な気持ちが高まり、甘い声が出る。

「あっ……はぁっ……ぁ……っ」

「しっ。声、外に聞こえるぞ」

ひそめた声でたしなめられ、理央は慌てて声を押し殺す。

腰を揺らすたびに太い楔がぬるりと奥まで入り込むのが、気持ちよくてたまらない。接合部は溢れた蜜でぬるぬるになり、動くたびに淫らな音を立てていた。

湊士が胸をつかんで先端を舐めてきて、皮膚の下からむず痒い感覚がこみ上げた理央は、思わず高い声を上げた。

「あ……っ」

「声、抑えろって。……もう、しょうがないな」

「んぅっ……」

理央の後頭部を引き寄せた彼が、唇を塞いでくる。同時に腰を下から突き上げられて、理央はくぐもった声を漏らした。

「……っ……んっ、……ぁ……っ」

性交を思わせるような淫靡な舌遣いでぬるぬると舌を絡ませられ、目にじんわりと涙がにじむ。それと同時に律動に揺らされ、どこもかしこも湊士でいっぱいにされている感覚が、苦しいのに気持ちいい。声を我慢しなければならないのがより官能を高め、奥まで咥《くわ》え込んだものを締めつける動きが止まらなかった。

繰り返し深いところを突かれ、すぐに限界がくる。蠕動する襞の動きでそれがわかるのか、彼が理央の腰をつかみ、ますます律動を激しくしてきた。

「んっ……ぁ、湊士、さん……っ」

「理央……」

吐息交じりの声が壮絶に色っぽく、ゾクゾクとしたものが背すじを駆け上がる。

快感に連動して窄まる最奥に繰り返し剛直をねじ込まれ、二人の息遣いが荒々しくなっていった。

目の前の湊士にしがみつきながら、理央は切羽詰まった声を上げた。

「……っ、や、もう駄目……っ」

ビクッと腰が跳ね、快感が弾けた瞬間に唇を塞がれて、くぐもった呻きが漏れる。

ほぼ同時に最奥で楔が震えて、彼も達したのがわかった。

（あ、……）

ドクッと熱い飛沫が放たれ、柔襞が搾り取る動きできつく絡みつく。一番感じるところで熱情を放たれ、理央は眩暈がするような愉悦を味わった。

「はぁっ……」

二度、三度と震える屹立がすべてを吐き出し終えたところで、湊士がようやく唇を離す。

互いの間を透明な唾液が糸を引き、深いため息が漏れた。絶頂の余韻に震える隘路がわななきながら昂ぶりを包み込んでいて、ほんのわずかな身じろぎで中に放たれた精液が蜜口から溢れていくのがわかる。

「……っ、やばいな、これ。癖になりそう」

向かい合って繋がったまま彼がそんなことを言ってきて、理央は甘い気持ちでいっぱいになった。目の前の顔は汗ばんでいても端整さを失わず、むしろ気だるい色気がある。こんなにもきれいな男が自分を好きでいる事実に幸せを感じつつ、理央はまだ整わない息で小さく答えた。

「いいよ、これからいっぱいしても。……わたしたち、夫婦なんだから」

すると彼が眉を上げ、ニヤリと笑う。そして理央の身体をソファの座面に押し倒し、こちらの頬を手のひらで包み込んで言った。

「言ったな。その言葉、後悔するなよ」

「い、今はもうしないよ。身支度しなきゃいけないいんだから」

「そんなの、三十分あれば余裕だろ。まだ時間はある」

「もう、しないってば！」

その後、帰宅した栄基に改めて亘輝のしたことが報告されると、彼は厳しい表情で息子を断罪した。

「弟の実力に嫉妬し、逆恨みで物を盗んだり、借り物の面を持ち出したことを理央さんのせいするなんて、お前は一体何をやっているんだ。人として恥ずかしいことをしている自覚はないのか」

「…………」

「これまで私は、能において湊士を贔屓《ひいき》したことはない。シテとして舞台に立っている現状は、ひとえに彼の努力の賜物だ。お前は自分の努力不足を棚に上げ、姑息な手段で足を引っ張ろうとしたばかりか、能楽師がもっとも大切にするべき面を粗末に扱った。そんな人間に、今後舞台に立つ資格はない」

にべもない父の発言に亘輝は真っ青になり、「父さん、僕は……っ」と何か言いかけたものの、栄基の判断は覆らなかった。

彼は屋敷から出ていくことを通告され、〝今後花宮流の能楽師として舞台に立つことを禁止する〟という、事実上の破門を言い渡された。だが父親としての最後の温情なのか、他流派の宗家に連絡を取り、亘輝をそこの裏方スタッフとして雇ってくれるように話をつけたらしい。

公演における共演者や劇場側との交渉、当日の進行や作り物の制作など、舞台には立たずにする仕事は地味ではあるものの、彼は一生懸命やっているそうだ。

一方、美織の乱れた男性関係に関しては、父親である遊馬が「興信所の報告書を確認させてもらえないか」と打診してきたため、栄基がそれを渡した。すると湊士の言葉が事実だったと知った彼は、娘と金銭で愛人契約を結んでいた実業家や能楽関係者たちに自ら接触し、一悶着《ひともんちゃく》あったようだ。

面の盗難については遊馬から丁寧な謝罪があり、「娘が亘輝くんを唆して面を盗ませ、それを隠し持っていたことは犯罪だ」「警察に通報してくれて構わない」と申し出られたが、湊士はそれを断った。

「今後こちらに一切関わらないようにしていただければ、それでいい」という言葉に、彼は目に涙を浮かべて感謝していた。その数ヵ月後、美織は父親が決めた相手と見合いさせられ、結婚が決まった。入籍後は相手の居住地である四国《しこく》で暮らすことになるそうで、今後顔を合わせる機会はほぼないだろう。

あれから半年が経つ今、理央は花宮湊士の妻として五反田の屋敷で暮らしている。公演の案内状やお礼状をせっせと書いて送ったり、電話や客の対応をしたり、能楽堂の運営でさまざまな手配をする一方、茶会を開催するための準備など、やることは山積みだ。近頃の花宮流は外国人の見学を積極的に受け入れるようになり、その通訳で駆り出されることも多い。

以前は仕事に追われて四苦八苦していたものの、慣れてくると隙間時間で上手く休憩できるようになり、今日の理央は頂き物のお菓子を台所で立ったまま頬張っていた。すると背後から「理央さん」という声が響く。

「何ですか、立ったままでだらしない。せめて座ったらどうなの」

「うっ、お、お義母さま」

危うく喉に詰まりそうになりながら理央がドキリとして振り返ると、和服姿の由香子が呆れ顔で立っている。

「休憩するのは、大いに結構よ。でも一人で食べたりせず、たまには私も誘ってくれていいのに」

義母である彼女は、パッと見はツンとしてとっつきにくい印象であるものの、最近はこうして可愛いことを言う。このあいだは由香子の姉の國保静江が屋敷にやって来て理央に嫌みを言ったが、

「お姉さま、理央さんは湊士の大切なお嫁さんです。そうやって嫌みを言うなら、二度と来ていただかなくて結構よ」と告げ、静江は返す言葉に詰まっていた。

（お義母さまって、気持ちを大っぴらに表に出さないだけで可愛い人なんだよね。今はもう苦手意識はない）

家政婦たちがクスクス笑う中、口の中のものを嚥下した理央は、急いで由香子に告げた。

「では早速お茶を淹れて、お部屋にお持ちしますね」

「ええ。お願いするわ」

二人分のお茶を淹れ、由香子のと一緒にちゃっかり自分の分のお菓子をもうひとつ載せた理央は、お盆を手に廊下を歩く。すると玄関の引き戸が開き、永津を連れた湊士が帰ってきた。

「あ、湊士さん、おかえりなさい」

「ただいま」

今日も彼は、思わず見惚れてしまうほど涼やかだ。秀麗な目元に前髪がさらりと掛かる様子は端整で、色気がある。こちらに歩み寄ってきた彼がお盆を見つめ、問いかけてきた。

「お客さまか？」

「ううん。お義母さんの部屋で、一緒にお茶をするの」

「へえ。仲がいいな」

湊士が皿の上からお菓子を取り上げ、ひょいと自分の口に放り込む。それを見た理央は、猛然と抗議した。

「ひどい。一個はわたしのだったのに」

「わかったよ。ほら」

口の中のものを飲み込んだ彼が顔を寄せ、ちゅっとキスをしてきて、ニヤリと笑う。

「味、わかっただろ？」

「……っ」

自分の整った顔の威力をわかっている湊士に間近で見つめられ、理央はじわりと頬を赤らめる。

すると玄関から、永津がじっとりした視線でこちらを見つめて言った。

「そういうことは、二人きりのときにしてもらえますか？　まったく油断も隙もない」

「お前、ずいぶん言うようになったな、一樹」

「そりゃ、彼女もいない身にしたら、思いっきり目の毒ですからね」

彼が荷物を持って奥に行ってしまい、それを見送った湊士が理央に問いかけてくる。

「だってさ。少しは控えるべきかな」

「うん。湊士さん、もうすぐお父さんになるんだから、それなりに威厳を持たないと」

理央のお腹《なか》には、湊士の子どもが宿っている。

現在妊娠四ヵ月で、今年の秋には出産予定だ。子どもができたとわかったとき、報告を聞いた彼は大喜びし、義両親も温かく祝福してくれた。幸い悪阻《つわり》はそうひどくなく、今は体調を見ながら日常の雑務をこなしている。理央は笑顔で言った。

「それより、明日は神田の花宮能楽堂で公演でしょ。わたし、観に行くから」

「お腹の子にも、俺の声が聞こえるってことだよな。だったらいつにも増して気合を入れないと」

能楽師としての彼はますます名声を上げ、メディアの取材も増えて、公演の観客数は増加傾向にある。

そんな湊士の姿を、ずっと見ていたい。伝統芸能を背負って立つ彼を、この先も傍で支えていきたい気持ちでいっぱいだった。

廊下を見回すと誰もおらず、理央はお盆を持ったまま背伸びをすると、湊士の頬にキスをする。

彼にだけ聞こえる声でささやいた。

「好き、湊士さん。……明日の公演、頑張ってね」

「ああ」

すると廊下の向こうからやって来た永津が、「あっ」と声を上げる。

「またいちゃいちゃしてるんですか？　もうっ、いい加減にしてくださいよ」

目を吊《つ》り上げる彼を見た湊士が、「やばい」とつぶやき、階段を上って二階に退散する。

それを笑って見送った理央は、じんわりと幸せを噛みしめた。

（わたしはこの先も、花宮湊士の妻として生きていく。お腹にいる子も、能楽を好きになってくれたらいいな）

いつか花宮流宗家となる湊士が、小さな我が子に能楽を教えているのを想像するだけで、心が温かくなる。

微笑んだ理央は踵を返し、磨き上げられた廊下をお盆を手に歩き出す。そして足取りも軽く、由香子の部屋に向かった。

あとがき

こんにちは、もしくは初めまして。西條六花《さいじょうりっか》です。ルネッタブックスさんで六冊目となるこの作品は、イケメン能楽師と成り行きで契約結婚したヒロインのラブストーリーとなりました。

ヒロインの理央は実家が没落した元お嬢さま、今は普通の会社員として働いていたもののそこが突然倒産し、おまけに彼氏から別れを告げられてしまうという薄幸キャラです。しかし性格は明るく、何事も前向きに取り組むポジティブさがあります。

ヒーローの湊士は伝統ある家系に生まれた能楽師、自信家な反面、仕事にはストイックなところがあるイケメンです。今回は伝統芸能ということもあり、調べるのがとても大変だったのですが、楽しく書くことができました。

ここからはネタバレになりますが（注意！）、父親に勘当されたヒーロー兄の亘輝は他流派の裏方スタッフとなり、舞台に立つよりも適性があることに気づいて地道に頑張っていきます。

花宮家の屋敷を出たことで湊士への嫉妬の感情も和らぎ、生活のランクは下がったものの伸び伸び暮らすことができるようになって、やがて気が合った女性と幸せな結婚をする予定です。

一方の美織は、父親が決めた能楽関係者との結婚が決まって四国に移住したものの、やはりあの性格なのでトラブルを引き起こし、一悶着ありそうです。

でもそのうち貧乏な年下の芸術家と熱烈な恋に落ち、本当の愛を知って、お金がなくても慎ましく二人で生きていきそうな気がします。そのときになって、過去の自分の乱れた異性関係を深く後悔したり（これで一本お話が書けそう）。

ちなみに個人的に好きなキャラクターは、ツンデレな義母の由香子さんでした。

今回は天路《あまじ》ゆうつづさまにイラストをお願いいたしました。以前他社のお仕事でご一緒したことがあり、そのときも和服ヒーローを素敵に描いていただいたのですが、今回どんなふうになるかとても楽しみです。

本作の刊行時期は、桜の季節ですね。このお話が皆さまのひとときの娯楽となれましたら幸いです。

またどこかでお会いできることを願って。

西條六花

参考文献
『能楽入門①　初めての能・狂言』小学館　文／三浦裕子　監修／山崎有一郎　企画／横浜能楽堂
『マンガでわかる能・狂言　あらすじから見どころ、なぜか眠気を誘う理由まで全部わかる！』誠文堂新光社　編集／マンガでわかる能・狂言編集部　監修者／小田幸子
『夢幻にあそぶ　能楽ことはじめ』淡交社　著者／松村栄子
『能楽師の素顔』三月書房　著者／武田志房

ルネッタ🄻ブックス

偽装結婚のはずなのに、旦那様からとんでもない寵愛を受けてます！
イケメン能楽師の雇われ妻になりました

2023年3月25日　第１刷発行　定価はカバーに表示してあります

著　者　西條六花　
発行人　鈴木幸辰
発行所　株式会社ハーパーコリンズ・ジャパン
東京都千代田区大手町 1-5-1
03-6269-2883（営業部）
0570-008091　（読者サービス係）

印刷・製本　中央精版印刷株式会社

ISBN978-4-596-76913-8